KB192537

왜 낯선 사람을 따라가면 안 되나요?

왜 낯선 사람을 따라가면 안 되나요?

1판 1쇄 펴냄 2014년 2월 7일
1판 3쇄 펴냄 2014년 11월 17일

지은이 이유라
그린이 유명희
편집 박경화, 최민경, 황설경, 이은영, 유나리
마케팅 송만석, 한아름

펴낸이 하진석
펴낸곳 참돌어린이

주소 서울시 마포구 독막로 3길 8
전화 02-518-3919
팩스 0505-318-3919
이메일 book@charmdol.com
신고번호 제313-2011-157호
신고일자 2011년 5월 30일

ISBN 978-89-97592-50-0 64800

왜 낯선 사람을 따라가면 안 되나요?

이유라 지음 • 유명희 그림
정운선(경북대학교병원 소아청소년정신건강의학과) 감수

참돌어린이

감수글

여러분, '이웃사촌'이라는 말을 아나요? 이웃사촌이란 서로 이웃에 살면서 정이 들어 사촌 형제나 다를 바 없이 가까운 이웃을 말해요. 그런데 이제는 이런 정감 있는 말이 옛말이 되었다고 합니다. 세상이 험해지면서 가족처럼 지내던 가까운 이웃도 조심해야 하는 사회 분위기 때문이에요. 어린이 여러분은 낯선 사람을 따라간 적이 있나요? 뉴스나 신문을 통해 유괴 사건에 대해 들어 본 적은요? 혹시 어린이 여러분 주위에 유괴당한 경험이 있는 친구가 있나요? 유괴는 영화에서만 나오는 무서운 일이 아니라 한 해 1만 건 이상 벌어질 만큼 어린이 여러분 가까이에서 일어나는 일이랍니다. 또 해마다 유괴 사건이 점점 늘어나고 있어 어린이 여러분도 언제나 유괴를 예방하며 조심해야 하죠.

그렇다면 유괴란 무엇일까요? 눈을 감고 상상해 보세요. 낯선 사람의 꼬임에 속아 부모님도 친구도 없는 낯선 방에 어린이 여러분이 갇혀 있어요. 나쁜 유괴범은 여러분을 미끼로 부모님을 괴롭히지요. 여러분은 어쩌면 평생 부모님도 친구도 볼 수 없고, 간절히 이루고 싶었던 꿈도 이루지 못하게 될지 몰라요. 손발이 묶여 하염없이 눈물만 흘리는 자신의 모습을 떠올려 보세요. 어때요? 유괴라는 단어가 얼마나 무서운지 느껴지나요? 이처럼 유괴는 여러분 가까이에 있는 가장 소중한 것을 빼앗아 간답니다.

어린이 여러분은 자신이 얼마나 소중한 사람인지 알고 있나요? 또 얼마나 많은 사람에게 사랑받고 있는 사람인지도요. 여러분은 앞으로 무한한 가능성을 가지고 다양한 일을 할 수 있는 소중한 씨앗입니다. 씨앗에 물을 주고 햇볕을 쬐어 주면 씨앗에선 새싹이 자라 예쁜 꽃과 함께 탐스러운 열매를 맺지요. 지금 여러분은 작은 씨앗이지만 앞으로 꽃을 피우고 열매를 맺을 소중한 존재입니다. 여러분을 사랑하는 많은 이들이 그 과정을 도와주고 응원해 줄 거예요. 그렇기 때문에 여러분이라는 씨앗을 소중히 보호해야 합니다. 누군가 함부로 가져가지 않게 여러분 스스로도 지켜야 해요.

그런데 이토록 소중한 씨앗을 무참히 짓밟는 범죄가 많이 일어나고 있어요. 유괴도 그중 하나입니다. 그렇다면 유괴는 어떻게 막아야 할까요? 예방만큼 확실한 해결책이 없기에 우리는 유괴 예방법을 꼼꼼히 익혀야 합니다. 이 책의 파트Ⅰ을 읽으며 다양한 유괴 사례를 접할 수 있어요. 다양한 사례를 통해 어린이 여러분은 '이렇게 유괴를 당할 수 있구나!' 하고 간접 체험을 할 수 있게 되죠. 파트Ⅱ에서는 사례와 함께 그에 대한 대처 방법을 배우게 됩니다. '이럴 때 나라면 어떻게 하지?'라는 여러분의 걱정을 말끔히 해결해 줄 거예요. 또 유괴를 예방하기 위해 익혀야 하는 필수 해결법도 차례차례 배울 수 있죠. 엄마, 아빠와 함께 읽는 부록에서는 실제 유괴를 예방하기 위해 초록우산 어린이재단에서 권하는 아동 실종 예방 수첩 만드는 법 외에도 실제 유괴를 당한 후 어린이와 부모가 각각 어떻게 대처하면 좋을지에 대한 행동 지침이 자세히 나와 있어요. 책을 읽은 뒤에는 엄마, 아빠와 함께 유괴에 관해 이야기를 나누며 책 내용을 복습하는 소중한 시간을 가져 보도록 하세요. 이 책을 통해 여러분이 유괴라는 무서운 범죄를 예방하고, 유괴를 당했을 때에도 현명하게 대처할 수 있는 지혜를 배울 수 있기를 바랍니다.

희망찬 2014년을 맞이하며

정운선

차례

부록 엄마 아빠가 읽어요

엄마~ 아빠

PART 1

왜 낯선 사람을 따라가면 안 되나요?

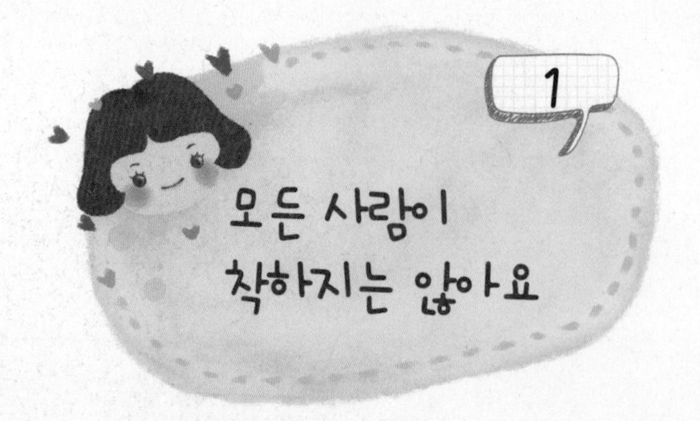

"선생님, 감사합니다! 친구들 안녕!"

태록이는 수업을 마치자마자 가장 먼저 책가방을 챙겼어요. 오늘은 짝꿍인 지아와 함께 집에서 숙제를 하기로 했거든요.

마음씨도 착하고 얼굴도 예쁜 지아와 오래도록 함께 있을 생각에 태록이의 마음은 들떴어요.

"지아야, 집에 가면 엄마한테 맛있는 간식 만들어 달라고 하자."

"그래, 좋아."

지루하게만 느껴지던 하굣길이 지아와 함께 걸어가니 즐겁기만 했어요. 지아와 태록이는 오손도손 이야기꽃을 피우며 걸어가고 있었어요.

"우아, 강아지다!"

지아의 눈이 동그래졌어요. 지아와 태록이 앞으로 털이 흰 강아지 한 마리가 달려왔어요.

"정말 귀엽다. 어디서 온 강아지지?"

강아지는 지아 품에 안겨 분홍빛 혀를 날름거렸어요.

"그러게, 주인이 있는 강아지 같은데."

태록이와 지아는 강아지의 귀여운 모습에 푹 빠져 자리에 멈춰 섰어요.

"흰둥아! 엄마만 두고 뛰어가면 어떡하니?"

강아지 주인으로 보이는 아주머니가 태록이와 지아 앞으로 다가왔어요.

"흰둥이가 너희가 좋아 달려왔나 보다. 집에 가는 길이니?"

아주머니는 태록이와 지아에게 다정히 물었어요.

"네, 강아지가 정말 귀여워요."

지아는 강아지를 품에 안고 말했어요.

"그래? 아줌마도 강아지를 무척 좋아해서 강아지 여러 마리를 키우고 있단다."

"정말요? 강아지가 더 있단 말이에요?"

"응, 집에 가면 흰둥이보다 더 귀여운 강아지가 많아. 너 정말 강아지를 좋아하는구나."

"네, 저도 강아지를 키우고 싶은데 엄마가 반대하셔서 키우지 못하고 있어요."

지아는 강아지와 헤어지고 싶지 않다는 듯 강아지를 더욱 꼭 껴안았어요.

"그래? 그것 참 아쉽구나. 강아지를 좋아하는데 말이야……. 그럼 우리 집에 가서 강아지랑 함께 놀래?"

"정말 그래도 돼요?"

지아는 신 나서 되물었어요.

"지아야, 오늘은 우리 집에 가서 숙제하기로 했잖아. 어서 집으로 가자."

태록이는 지아가 자신을 두고 강아지와 놀러 갈까 봐 걱정됐어요.

"태록아, 숙제는 나중에 하고 강아지랑 먼저 놀면 안 될까?"

"강아지랑 놀고 숙제하면 너무 늦지 않을까? 숙제부터 하고 강아지랑 놀자, 응? 지아야."

태록이는 지아를 설득해 봤지만 지아의 표정은 퉁명스러웠어요.

"너는 강아지를 별로 좋아하지 않는구나. 지아라고 했지? 그럼 지아만 아줌마 집으로 갈래?"

강아지 주인인 아주머니는 태록이를 싸늘하게 쳐다본 후 지아를 설득하기 시작했어요. 태록이는 지아가 모르는 아줌마를 쫓아가는 것이 너무 걱정됐어요.

"지아야, 선생님께서 모르는 사람은 쫓아가지 말라고 하셨잖아. 오늘 처음 본 아줌만데 위험할 수도 있어. 무서운 아줌마일 수도 있단 말이야."

태록이는 지아에게 귓속말로 소곤소곤 말했어요.

"태록이 너는 강아지가 안 좋아? 동물을 좋아하는 사람은 모두 마음이 따듯한 사람이라 걱정하지 않아도 돼. 그렇죠, 아줌마?"

의류함

"그래, 지아 말이 맞아. 아줌마는 길 잃은 강아지나 아픈 강아지를 치료해 준 후 키우고 있단다. 그래서 강아지가 많은 거야."

"그것 봐, 좋은 아줌마잖아."

지아의 말에 태록이는 섭섭하기도 하고 한편으론 화

가 났어요.

"그럼 지아 네 마음대로 해. 나 혼자 집으로 갈 거야."

태록이는 속상한 마음에 자꾸만 눈물이 나왔어요. 지아에게 눈물 흘리는 모습을 보이기 싫었던 태록이는 혼자서 성큼성큼 집으로 걸어갔어요.

얼마쯤 가다 뒤를 돌아봤더니 지아와 아줌마는 보이지 않았어요.

'지아는 정말 나빠. 나랑 한 약속도 안 지키고…….'

태록이는 집에 도착해 거실 한쪽에 책가방을 던져 버렸어요.

"태록이 왔니? 오늘 친구랑 함께 온다더니 혼자 왔네?"

"몰라요! 지아는 안 온대요!"

태록이는 속상한 마음에 방문을 쿵 닫고 침대에 누워 버렸어요.

'지아 나빠, 지아는 정말 나빠. 내일 만나면 말도 하지 않을 거야.'

지아를 원망하던 태록이는 깜박 잠이 들었어요.

"태록아, 잠깐 일어나 볼래?"

시간이 얼마나 지났는지 태록이 방은 컴컴했어요.

"네, 엄마."

"지아 어머니께서 오셨어. 아직 지아가 집으로 돌아오지 않았다는구나."

방에서 나오니 현관문 앞에 지아의 어머니께서 걱정스러운 표정으로 태록이를 쳐다보셨어요.

"태록아, 지아가 오늘 너와 함께 숙제한다고 했는데 오늘 같이 오지 않았니?"

"네, 학교 마치고 같이 오다가 지아는 강아지랑 놀겠다고 가 버렸어요."

"강아지? 무슨 강아지?"

"하얀 강아지였는데……. 강아지 아줌마 집으로 가서 다른 강아지랑도 함께 논다고 했어요."

"뭐? 강아지 주인을 좇아갔단 말이야?"

"네……. 지아가 아직 집에 안 갔어요?"

"그래, 아무리 찾아도 없구나. 시간이 이렇게 늦었는데……."

태록이가 거실 시계를 보니 벌써 열 시가 넘은 시각이었어요.

"지아 어머니, 아무래도 이상해요. 경찰서에 신고하는 게 좋을 것 같아요."

"우리 지아……. 도대체 어디에 있는 거니?"

지아 어머니는 자리에 주저앉아 울음을 터뜨리셨어요. 태록이는 겁이 났어요. 이러다 지아가 돌아오지 않을까 무서웠어요. 아까 어떻게든 함께 집으로 돌아오지 않은 게 자꾸 후회됐지요.

"지아 어머니, 힘내세요. 이럴 때일수록 마음을 강하게 가지셔야 해요. 태록이 너도 경찰서에 함께 가자. 경찰 아저씨에게 아까 상황을 잘 설명해 줘."

엄마를 따라간 경찰서에서는 많은 사람이 지아를 찾기 위해 분주한 모습을 보였어요.

"그래서 그 아줌마 생김새가 어땠지?"

태록이는 경찰 아저씨께 낮에 본 강아지 아줌마의 생김새를 설명한 후 집으로 돌아왔어요. 그리고 엄마와 함께 지아를 찾았다는 연락이 오기를 기다렸어요. 그러나 밤이 늦어도 지아를 찾았다는 연락은 오지 않았어요.

친구들은 강아지를 좋아하나요? 처음 보는 사람이 여러분이 좋아하는 물건이나 동물을 선물로 준다고 해요. 그런데 사람이 많은 곳이 아닌 다른 곳에서 그 물건이나 동물을 전해 주겠다고 해요. 여러분은 이런 상황에서 어떻게 행동할 건가요?

지아는 처음 보는 강아지 아줌마를 따라갔다가 집에 돌아오지 못했어요. 사라지는 어린이들은 나쁜 사람이 절대 엄마, 아빠에게 이야기하지 말라고 하면 그 약속을 지킨다고 해요. 나쁜 사람은 어린이와 접촉하는 동안 어린이에게 친근감을 느끼게 하기 때문에, 더 이상 낯선 사람이 아니라 내가 아는 사람으로 변하게 됩니다. 내적으로는 몰라도 외적으로는 착하게 보이고 믿을 수 있는 사람으로 보이는 것이지요. 하지만 이 세상에 사는 사람이 모두 착하지는 않아요. 나쁜 사람은 어린이들의 순수한 마음을 범죄에 이용해요. 특히 어린이들이 좋아하는 물건으로 친구들을 현혹하는 사람도 있지요. 강아지 아줌마도 그중 한 명이에요.

최근 누군가 여러분이 원하는 물건을 준다고 유혹하지는 않았나요? 이런 행동은 친구들에게 환심을 사기 위한 것이지요. 아직 어린이 여러분은 제대로 된 판단을 하기에 미성숙하기 때문에 누군가 나에게 이런 제안을 한다면 바로 넘어갈지도 모르지요.

그렇다면 처음 보는 사람이나 친인척이 아닌 다른 누군가가 나와 친구에게 이런 방법으로 접근한다면 어떻게 해야 할까요? 지아처럼 아줌마를 믿고 따라가면 위험해요. 태록이처럼 '모르는 사람이 왜 이걸 나에게 주겠다고 하는 거지?'라는 생각을 해야 하죠. 그리고 강아지 아줌마를 견제하던 것처럼 의심해야 해요. 어른에게 "고맙지만 괜찮습니다."라고 말하거나 "부모님께 먼저 허락을 받을게요."라는 식으로 말하고 자리를 피해야 합니다.

이런 범죄 말고도 갑자기 어른이 길을 묻는 등 도움을 청하는 경우도 종종 있지요. 이럴 때는 혼자 결정해서 행동하지 않는 것이 가장 중요해요. 우선 주변에 나를 도와줄 다른 어른이 있는지 살펴보고, 도움을 청합니다. 하지만 만약에 다른 어른이 없다면 반드시 부모님께 먼저 연락을 해서 허락을 받고 행동해야 해요. 부모님께 그 어른이 어떤 사람이고, 어디에, 왜 가야 하는지를 알려야 합니다. 사소한 일이라도 부모님과 상의하고 행동하는 것이 여러분의 안전을 위한 가장 현명한 방법이란 사실을 기억하고, 착하고 예의 바른 행동보다는 안전이 더 중요하다는 것을 알아야 해요. 어른의 제안을 거절했다고 해서 예의 바르지 않은 행동을 한 건 아니니, 이제부터는 나 스스로를 지키는 방법을 하나씩 익혀 나가도록 해요.

"지훈아, 나 좀 도와줄래?"

지훈이는 3학년 개나리반의 반장이에요. 반 친구들은 어려운 일이 있을 때마다 지훈이에게 도움을 요청했어요.

"응, 윤아야. 무슨 일이야?"

"오늘 내가 청소 당번이라 쓰레기통을 비우고 와야 하는데 너무 무거워서 말이야. 지훈이 네가 쓰레기통 드는 것 좀 도와줄래?"

"그럼, 당연하지. 오늘 미술 수업을 해서 쓰레기가 많구나. 내가 쓰레기통을 들 테니 네가 재활용 통을 들어."

"고마워, 지훈아."

지훈이는 어려운 친구를 봤을 때마다 그냥 지나치지 않고 꼭 도우려고 노력했어요. 때로는 남을 돕는 일이 성가시게 느껴질 때도 있었지만, 고마워하는 친구를 볼 때 뿌듯한 마음과 함께 보람을 느꼈어요.

"지훈이는 참 착하고 성실해. 오늘 지훈이가 쓰레기통을 들어 주지 않았다면, 나는 쓰레기통을 들고 여러 번 교실을 들락날락했을 거야."

친구들과 나란히 걸어가는 하굣길에 윤아는 지훈이 칭찬을 했어요.

"정말? 지훈이 너 진짜 착하구나. 다음 학기 반장 선거에도 꼭 지훈이를 뽑아야겠어."

함께 집으로 돌아가던 친구들은 너도나도 지훈이가 자신을 도와줬던 이야기를 재잘거리며 지훈이 칭찬을 했어요.

"얘들아, 쑥스럽게 왜 그래? 난 그냥 너희를 도와주고 싶었을 뿐이야. 또 반장으로서 당연한 일을 한 거야. 앞으로도 어려운 일이 있으면 꼭 나한테 말해. 내가 도울 수 있는 데까지 최선을 다해서 도와줄게."

"고마워, 지훈아. 네가 있어서 정말 든든해."

친구들이 모두 자기 집 방향으로 돌아가고 지훈이는 혼자서 집으로 향했어요. 친구들이 모두 떠나간 뒤였지만, 아직도 지훈이 귓가에서는 친구들의 칭찬 소리가 들렸어요.

'남을 돕는 것은 정말 뜻깊은 일이야. 가끔 귀찮게 느끼던 것도 반성하게 됐어. 앞으로 더욱 열심히 친구들을 도와야지.'

"이봐요, 학생."

지훈이가 친구들의 말을 가슴속에 되새기며 걸을 때 어디선가 지훈이를 부르는 소리가 들렸어요. 소리가 난 곳에는 나이가 지긋하신 할머니 한 분이 주저앉아 계셨어요.

"네? 할머니, 무슨 일이세요?"

"응, 내가 나이가 들어서 다리에 통 힘이 없네. 혼자서는 일어나질 못하겠어."

"제가 도와드릴게요. 제 팔을 잡고 일어나세요."

"아이고, 고맙기도 해라. 내가

지금 아들 차를 기다리고 있었어. 나 좀 부축해 줄래?"

"당연하죠. 여기 제 팔을 잡으세요."

지훈이는 학교 친구들이 아니더라도 자신의 도움이 필요한 사람을 기꺼이 도와야 한다고 생각했어요.

"정말 고맙구나. 저기 길 건너 초록색 승합차 보이니? 저 차가 우리 아들 차거든. 저기까지만 같이 가자꾸나."

"네, 제가 잡아 드릴게요. 천천히 걸으세요."

할머니의 새하얀 머리카락을 보면서 지훈이는 시골집에 홀로 계실 할머니 생각이 났어요. 지훈이를 볼 때면 '우리 강아지!' 하고 꼭 껴안아

주시던 할머니 생각에 지훈이 마음이 더욱 애잔해졌어요. 지훈이는 혹여나 할머니가 힘이 드실까 팔에 더욱 힘을 줘 할머니를 부축했어요.

"학생, 내가 팔 힘이 없어서 그런데 차 문 좀 열어 주겠어?"

길 건너 승합차 앞에 다다랐을 때 할머니가 말했어요.

"그럼요, 잠시만요."

지훈이가 승합차 문을 옆으로 열자 승합차 안에는 덩치가 큰 어른이 둘이나 있었어요.

"안녕하세요? 저 할머니를 부축해서 함께 왔어요."

지훈이는 차 안의 어른이 할머니의 아들이라 생각하고 공손하게 인사했어요.

"그래? 정말 고맙구나. 우리 어머니를 부축해 줬다니 이 은혜를 어떻게 갚지?"

"아니에요, 저기 길 건너에서 여기까지는 아주 가까운걸요. 그럼 전 이만 돌아가겠습니다."

"아니지, 그냥 보낼 수 없지. 잠깐 차에 타 볼래?"

차 속에 있던 아저씨는 능글맞게 웃으며 지훈이의 팔을 잡아당겼어요.

“아니에요. 저는 이제 학원에 가야 해요.”

“어허, 착한 학생인 줄 알았는데 이렇게 어른의 성의를 무시하면 쓰나? 조용히 하고 잠깐 차에 타 봐!”

아저씨들은 집으로 돌아가려는 지훈이의 팔을 거칠게 잡아끌며 억지로 차에 태웠어요.

“지금 뭐 하시는 거예요! 당장 놔주세요! 할머니, 말씀 좀 해 주세요.”

할머니는 말없이 희미하게 웃으며 지훈이를 쳐다봤어요.

“살려 주세요! 여기 사람이 납치됐어요!”

지훈이는 뭔가 잘못됐다고 느꼈어요. 낯선 사람 차에는 절대로 타서는 안 된다던 엄마의 당부 말씀도 떠올랐어요. 지훈이는 거칠게 반항했어요. 하지만 승합차는 도로 위를 빠르게 달렸고 지훈이의 집과는 점점 멀어졌어요. 살려 달라고 소리치는 지훈이의 팔과 다리를 아저씨들은 잽싸게 끈으로 묶었어요. 지훈이의 팔과 다리를 꽁꽁 묶은 아저씨는 지훈이의 입을 청 테이프로 막고 얼굴에 하얀 천을 씌웠어요. 지훈이는 더는 소리를 지를 수 없게 되었어요. 청 테이프로 입이 막힌 지훈이의 호흡이 점점 더 거칠어졌어요. 지훈이는 몸을 옆으로

엄마~ 아빠~

흔들며 묶여 있는 손발을 풀려고 했어요. 그러자 아저씨는 지훈이의 배를 강하게 발로 걷어찼어요.

"컥."

지훈이는 강한 충격으로 숨을 쉴 수가 없었어요. 얼굴은 온통 땀범벅이 되었지요.

'온몸이 부서질 듯 너무 아파. 그리고 숨을 쉴 수가 없어, 어떡하지…….'

지훈이는 웃고 있는 엄마 얼굴이 떠올랐어요. 또 엄마 옆에서 다정한 눈빛으로 자신을 쳐다보는 아빠 얼굴도 떠올랐어요. 시간이 지날수록 지훈이의 의식은 희미해졌어요. 계속해서 숨을 제대로 쉬지 못한 지훈이는 머리가 어지럽고 눈을 뜰 수조차 없었어요.

'엄마, 도와주세요. 아빠, 저 좀 살려 주세요.'

지훈이는 의식을 잃지 않으려 노력했지만, 점점 더 눈은 감기고 머릿속은 새하얘졌어요.

'엄마, 아빠…….'

지훈이는 엄마와 아빠를 떠올리다 결국 눈을 감은 채 의식을 잃었어요.

어린이 여러분, 낯선 사람 중에서도 약한 몸을 가진 할머니, 할아버지가 갑자기 다가와 도움을 청한다면 어떻게 해야 할까요? 물론 도움을 요청받으면 기꺼이 도와줘야 하는 것이 맞아요. 하지만 어른들은 아직 덜 성숙한 어린이 여러분에게 선뜻 무거운 짐을 들어 달라고 하거나 차에 타라고 하지 않아요. 그러니 정중히 거절해도 예절에 어긋나지 않습니다. 부모님의 허락 없이 낯선 차를 타면 안 됩니다. 그리고 아는 사람의 차라고 해서 생각 없이 타면 위험해요.

지훈이는 평소 친구들을 잘 돕는 아이였어요. 물론 칭찬을 받을 때마다 우쭐한 마음도 가졌지요. 칭찬받는 것을 안 좋아하는 친구는 없을 거예요. 지훈이는 더 좋은 모습을 친구들에게 보여 주고 싶어 조심성 없이 행동했어요. 그래서 결국은 자신에게 독이 되어, 다시는 친구들을 볼 수 없는 형편이 되었죠. 이렇게 부모님에게 먼저 허락을 받지 않고 행동하면 다시는 사랑하는 가족의 얼굴도 못 보고, 친구들과 함께 뛰어놀 수 없는 상황이 생긴답니다.

유괴범이라고 해서 다 나쁘고 험상궂게 생기지 않았어요. 어린이 여러분의 눈에 착하게 생기고 평범한 사람같이 보일 때가 더 많아요.

그래서 사람의 겉모습만 보고 판단하는 것은 아주 위험하답니다. 요즘 유괴범의 모습을 살펴보면 험상궂게 생기지도 않았고, 드러내 놓고 나쁜 행동을 하지도 않아요. 오히려 평범한 외모를 앞세워 어린이 여러분에게 더 친절히 접근할 때가 많아요. 그리고 자신을 착한 사람으로 인식하게끔 행동합니다. 그러므로 갑자기 낯선 사람이 친절하게 접근해서 함께 다른 곳을 가자고 하면 "안 돼요, 싫어요. 부모님에게 먼저 물어보고요."라고 말해야 합니다.

지훈이는 낯선 차가 접근해 있다는 걸 알고도 그 상황을 전혀 경계하지 않았어요. 그냥 할머니의 아들이라고 짐작했을 뿐이에요. 이런 행동은 매우 위험해요. 언제나 경계하고 현명하게 행동해야 해요. 늘 낯선 사람을 조심하고 쉽게 따르지 않는 것도 중요해요. 어른이 돼서도 이런 점은 꼭 유의해야 해요.

"아이고, 끔찍해라."

저녁 식사 후 뉴스를 보던 어머니가 말씀하셨어요. 방에서 공부하던 정이는 어머니의 한숨 소리를 듣고 거실로 나와 어머니 옆에 앉았어요.

"엄마, 무슨 일이에요?"

"응, 뉴스를 보는데 무서운 소식이 나오는구나."

"어떤 일인데요?"

"정이 또래 여자아이가 유괴 당했다가 결국 시체로 발견됐다지 뭐니."

어머니는 뉴스에 나오는 유괴 사건을 가리키며 말씀하셨어요.

"유괴요?"

"그래. 늦은 밤까지 친구들과 놀다가 집으로 돌아오는 길에 낯선 사람 차에 탔나 보더라."

"누군가 집으로 데려다 준다고 했나 봐요."

"정이는 절대로 낯선 사람을 따라가면 안 된다."

옆에서 함께 뉴스를 보던 아버지도 걱정스러운 듯 정이를 쳐다봤어요.

"걱정하지 마세요, 아빠. 저는 절대로 낯선 사람을 따라가지 않을 거예요."

"그래. 유괴가 마치 영화에 나오는 일 같지만 실제로 우리 주위에서 많은 유괴 사건이 일어나고 있어. 그러니 더욱 조심해야 해."

"그렇게 유괴 사건이 많이 벌어진단 말이에요?"

"응, 얼마 전에도 서울에서 8살 여자아이가 유괴된 사건이 있었지. 학교 근처에서 '잠깐 할 얘기가 있다.'며 접근해서는 아이를 강제로 차에 태우고 유괴한 거야."

“학교 근처에 있었는데도 유괴되었단 말이에요? 그래서 어떻게 되었어요?”

“아이의 몸값으로 3천만 원을 요구했다고 하더구나. 범인이 사업에 실패해

카드 빚이 있었대."

"3천만 원이요? 정말 큰돈 이네요. 그래서 아이는 어떻게 되었어요?"

"다행히 경찰이 범인을 잡아 무사히 부모님 품으로 돌아갈 수 있었어. 하지만 범인과 함께 있던 시간 동안 아이가 얼마나 무서웠겠니?"

"네, 정말 무서워요. 유괴는 돈 때문에 생기는 걸까요?"

"글쎄, 여러 가지 이유가 있겠지. 돈이 필요해 아이를 유괴한 뒤 돈을 요구하는 유괴범도 있고, 아이를 이용해 돈을 벌려는 유괴범도 있고……. 또 아이에게 못된 해코지를 하려는 유괴범도 있고, 다양한 이유가 있을 거야. 그러니 조심, 또 조심해야 한단다."

"중국에서는 인신매매를 위해 어린아이들이 1년에 20만 명 이상 유괴를 당하고 있다고 해요. 정말 끔찍한 일이죠."

정이의 어머니는 슬픈 표정으로 말씀하셨어요.

"정말 무서운 세상이야. 또 해마다 유괴 사건이 점점 늘고 있다니 걱정이군. 당신도 장을 보러 가거나 외출할 때 조심하도록 해요. 나도 일 끝나면 사랑하는 우리 가족을 지키러 일찍 집으로 돌아올게."

"알겠어요, 여보."

부모님과 대화를 마치고 방으로 돌아와 숙제를 끝낸 정이는 씻고 내일을 위해 침대에 누워 잠을 청했어요. 그런데 눈을 감고 잠을 자려고 해도 아까 부모님과 나눈 얘기가 정이의 머릿속에서 자꾸 맴돌았어요.

'유괴는 정말 무서운 것 같아. 만약 나도 유괴되면 어떡하지? 사랑

하는 부모님을 보지 못하면 어쩌지?'

일어나지 않은 일이지만 생각만으로도 정이는 눈물이 나올 것 같았어요. 정이는 오랫동안 유괴 생각에 잠을 이루지 못했어요.

지난 2011년 해가 쨍쨍한 낮, 학교 안에서 벌어진 유괴 사건이 있었어요. 어린이들이 가장 안전을 보장받아야 하는 학교 안에서 벌어진 사건은 모두를 놀라게 했어요. 심지어 학교에서 고작 680미터 떨어진 범인의 집으로 아이가 끌려가는 동안, 아무도 아이의 위험을 알아차리지 못했다고 해요. 이제 등굣길과 하굣길도 안전하지 않아요.

유괴가 나쁘다는 사실도 알고 위험한 것도 알고 있지만 거기서 그치면 안 돼요. 나 자신을 안전하게 지킬 수 있는 예방법을 평상시에도 익히고 있어야, 위험한 상황이 닥쳤을 때도 나를 보호할 수 있기 때문이에요. 간단한 방법으로도 나 자신을 보호할 수 있으니 한번 실천해 볼까요?

요즘 휴대 전화를 보면서 거리를 걷는 친구들이 많아요. 또 노래를 들으면서 걷는 친구들은 뒤에서 누군가 불러도 쉽게 대답을 하지 못

하죠. 무언가에 정신을 뺏기고 있으면 범죄의 표적이 되기 쉬워요. 거리를 걸을 때도 무언가에 시선이 뺏긴 채 걷지 않도록 하고, 늘 주변을 응시하며 다니는 것이 좋아요.

또 낯선 사람이 자신을 쫓는 게 확실하다면 당황하지 말고 사람이 많이 다니는 곳으로 옮기고 가족에게 연락을 하는 것이 안전하지요. 그것도 여의치 않을 경우 주변의 도움을 받는 것이 좋아요. 누군가의 도움을 받는 것은 부끄러운 것도, 피해를 주는 것도 아니에요. 남에게

피해를 주는 행동이라고 생각하지 말고 꼭 도움을 청하도록 해요. 이런 행동은 어른이 되어서도 마찬가지랍니다.

길을 걷다가 불량배들을 만나면 어떻게 해야 할까요? 가로등이 없다든지 환경이 안전하지 못한 경우에는 어떻게 해야 할까요? 부모님에게 이야기하거나 집 근처에 있는 치안 센터에 연락해서 순찰을 강화해 달라고 요청하면 순찰 횟수를 늘려 더 안전해질 수 있답니다. 또한 주변 가게들 중 '아동안전지킴이집'이라는 간판이 붙어 있는 곳은 여러분을 보호해 줄 준비가 되어 있는 시설이니 언제든 도움을 요청하도록 하세요.

휴대 전화의 비상 호출이라든가 비상 번호 시스템을 이용하는 것도 좋아요. 그리고 미리 신청해야 하는 유료 서비스지만 위급 상황일 때 미리 지정한 사람에게 위치 정보를 문자로 호출하는 프로그램도 있지요. 이런 사소하지만 기본이 되어야 할 것들만 잘 주시하고 행동한다면 위험천만한 유괴로부터 안전할 수 있다는 사실을 꼭 기억해 두도록 해요.

"언니, 같이 가!"

혜진이와 혜은이는 두 살 터울 자매예요. 수업을 함께 마치는 날이면 집으로 함께 돌아갔어요.

"언니, 집에 가기 싫어. 어차피 집에 가 봤자 엄마도 없잖아."

"엄마가 수업 끝나자마자 집으로 돌아가서 숙제하라고 하셨잖아. 언니는 엄마가 시킨 심부름도 해야 해."

"심부름? 뭔데?"

"엄마가 다 마른 빨래를 개어서 정리하라고 하셨거든."

"언니, 나 오늘 숙제도 없단 말이야. 놀다가 들어가면, 내가 언니 빨래 개는 거 도와줄게. 응?"

"아이참, 오늘따라 왜 이렇게 보채는 거야."

"아이, 언니. 언니도 놀고 싶잖아."

"알았어, 알았어."

혜진이와 혜은이는 학교 운동장에서 시소도 타고 그네도 함께 탔어요. 날이 조금씩 어둑어둑해지고 학교에는 혜진이와 혜은이만 남았어요.

"얘들아."

모래성을 쌓고 있는 혜진이와 혜은이에게 낯선 아저씨가 다가왔어요.

"네? 왜 그러세요?"

"너희 노는 모습이 참 예쁘구나. 아저씨 딸도 딱 너희 또래라서 말이야. 아저씨가 공부 열심히 하라고 공책이랑 연필 좀 사 주고 싶은데 함께 가자꾸나."

"우아, 정말요?"

동생 혜은이는 신 나서 폴짝폴짝 뛰었어요.

"아니에요. 괜찮아요."

신이 난 혜은이와 달리 언니 혜진이는 아저씨 제안을 정중히 거절했어요.

"언니, 왜 그래? 우리 공부 열심히 하라고 사 주시는 거라잖아."

"엄마가 낯선 사람은 좇아가지 말랬잖아."

"아저씨 나쁜 사람 아니야. 바로 앞에 문구점이 있으니 함께 가자."

"그래, 언니. 가자!"

"넌 아저씨를 나쁜 사람으로 보는구나. 아저씨는 정말 착한 마음으로 얘기한 건데 정말 속상한걸. 빨리 가자."

아저씨는 우물쭈물하는 혜진이를 재촉했어요. 혜진이는 아저씨와 혜은이에게 떠밀려 학교를 나섰어요. 학교 앞 문구점은 이미 문을 닫아 혜진이와 혜은이는 아저씨를 따라 시장이 있는 길까지 걸어갔어요.

"너무 멀리 가는 거 아냐? 혜은아, 우리 집으로 돌아가자. 이제 엄마 오실 시간도 다 됐어."

"아이, 새 공책이랑 새 연필 갖고 싶은데."

"그럼 우리 집으로 가자꾸나. 얼마 전에 우리 딸에게 공책이랑 연필을 한가득 사 줬거든. 그리고 집에 인형도 많아. 너희가 원하는 거 맘껏 가져가도 돼."

"우아, 정말요? 곰 인형도 있고, 바비 인형도 있어요?"

"그럼, 인형 엄청나게 많단다."

"언니, 가자. 가서 받아 오자. 응?"

"그래, 아저씨 집은 바로 여기야. 집에 가면 너희 또래 친구도 있고 아줌마도 있으니 가서 공책이랑 연필, 인형도 가져가고 간식도 먹고 가도록 해."

혜진이는 아저씨 집에 가는 것이 마음에 내키지 않았지만, 인형을 준다는 아저씨의 말에 들뜬 혜은이의 모습에 어쩔 수 없이 아저씨를 따라갔어요. 그런데 아저씨 집에는 아저씨 말과 달리 친구도 인형도 아무것도 없었어요. 혜진이와 혜은이가 어리둥절해하자 아저씨는 조용히 집 문을 잠갔어요.

"아저씨 집 여기 맞아요? 아무것도 없는데요?"

"그러게? 왜 아무것도 없을까?"

아저씨는 기분 나쁘게 웃으며 혜진이와 혜은이에게 다가왔어요. 혜진이는 혜은이를 자신의 뒤로 숨겼어요. 하지만 아저씨는 혜진이의 손을 잡아끌고 혜진이 옷을 벗겼어요.

"아저씨, 왜 이러세요?"

"너 조용히 안 하면 네 동생도 가만두지 않을 거야. 알았지?"

혜은이는 바들바들 떨면서 아저씨가 혜진이를 아프게 하는 모습을 지켜볼 수밖에 없었어요.

최근 들어 아동 유괴는 성범죄로 연결되고 있어요. 예전에는 돈을 갈취하는 경우가 많았지만 요즘은 성범죄를 저지르기 위해 아이를 유괴하는 사람도 있어요.

혜진이와 혜은이 자매는 학용품과 장난감으로 유인하는 아저씨를 처음엔 쉽게 따라가지 않았어요. 하지만 아저씨가 자꾸만 재촉하며 강요하자 어쩔 수 없이 아저씨에게 이끌려 따라갔다가 큰일이 났습니다. 어린이 여러분이 처음에 싫다고 의사를 표현했는데 계속 강요를 한다면 주변 사람들에게 도움을 청해야 해요. 어른들은 어린이 여러분보다 몇 배나 센 힘을 가지고 있기 때문이에요. 나쁜 사람이 힘을 써서 어린이들을 데려가면 속수무책으로 당할 수밖에 없어요. 그래서 누군가 여러분에게 하기 싫어하는 행동을 강요한다면 소리를 질러서라도 주위에 도움을 요청해야 해요. 이런 행동을 했다고 해서 도리어 나쁜 사람이 여러분에게 소리를 지른다면, 그것은 결코 여러분이 잘못을 해서가 아니에요. 쉽게 따라오지 않으니까 꾸짖어서라도 데려가려는 것이지요. 그러니 절대 어린이 여러분이 잘못했다고 생각하고 따라가서는 안 돼요. 지나가는 사람에게 도움을 요청하거나, 사람이 많은 곳으로 가거나, 즉시 부모님에게 이 사실을 알리는 것이 현명하지요.

또 예뻐하는 것과 성폭력을 구분하는 것이 중요해요. 예뻐한다는 이유로 여러분이 보여 주기 싫은 부분까지 보여 달라고 강요하거나 만지는 경우가 있어요. 이런 경우 불쾌하다고 말하며 꼭 짚고 넘어가는 것이 좋아요. 또 낯선 사람이나 잘 아는 이웃이 몸을 만지려 하면 "싫어요, 안 돼요!"라고 크게 소리치세요.

아동과 관련된 성범죄가 많아지면서 여성가족부에서는 성범죄자 신상명세서를 신청하면 범죄자의 사진, 키, 몸무게, 상세 주소, 범행 내용, 판결 내용 등 상세한 정보를 보여 주고 있답니다. 또한 초록우산 어린이재단 관계자는 친구들이 위험한 상황에 처했을 때 스스로 해결책을 생각해 낼 수 있도록 도와주는 '만일(If)…….' 게임을 만들었어요. 부모님과 미리 이 게임을 해 보는 것도 좋지요. '만일'이라는 게임으로 어떤 상황을 만들어 이럴 땐 어떻게 대처해야 할지 한번 연습해 볼까요?

"와, 신 난다. 아빠, 저 회전목마 탈래요."

정훈이는 가족과 놀이공원에 놀러 갔어요. 이것저것 타고 싶은 게 많은 정훈이는 마음이 잔뜩 들떠서 방방 뛰었어요.

"정훈아. 엄마, 아빠 손을 꼭 잡아야지. 손 놓치고 길 잃어버리면 안 된다."

"네, 아빠. 저 놀이동산에 있는 놀이 기구 다 타고 싶어요."

"하하, 그래그래. 우선 아빠는 배가 너무 고픈걸. 놀기 전에 엄마가 준비한 도시락부터 먹자꾸나."

"네!"

도시락을 열어 보니 먹음직스러운 김밥과 유부 초밥이 가득 있었어요.

"이야! 정말 맛있겠다. 엄마, 맛있게 잘 먹겠습니다."

"그래, 체하지 않게 꼭꼭 씹어 먹으렴."

맛있는 음식을 한껏 먹고 나니 퍼레이드를 시작한다는 방송이 들렸어요. 퍼레이드라는 소리에 정훈이는 마음이 들떴어요. 빨리 퍼레이드를 보고 싶었지요. 빨리 달려가서 퍼레이드가 잘 보이는 자리를 맡고 싶은데 왜 꼭 엄마, 아빠랑 같이 움직이라는 건지 이해가 되지 않았지요.

"아빠, 빨리요. 빨리! 여기예요."

"알았어. 정훈아, 천천히 가자. 퍼레이드 아직 시작도 안 했잖니? 녀석."

벌써부터 많은 사람이 퍼레이드 광장으로 모여 있었지요. 사람이 너무 많아 잠깐 한눈이라도 팔면 엄마, 아빠는 정훈이를 잃어버릴까 봐 정훈이 손을 꼭 잡았어요.

"지금부터 퍼레이드를 시작하겠습니다."

여기저기서 폭죽이 터지고 예쁜 옷을 입은 누나, 형들이 정훈이에게 다가와 웃으며 인사를 했어요. 정훈이는 누나, 형들의 손을 잡고 싶었지요. 그리고 따라가고도 싶었지요.

"아, 앗."

정훈이는 자신도 모르게 엄마, 아빠의 손을 놓았어요.

"정훈아, 정훈아."

엄마, 아빠는 정훈이를 부르며 정훈이를 잡으려고 따라갔어요. 정훈이를 잡으려고 하면 할수록 엄마, 아빠와 정훈이는 점점 멀어져 갔어요. 사람이 너무 많아 여기저기 치이고 몸 다툼이 일어났어요. 사람들 사이로 정훈이는 점점 사라졌어요. 정훈이는 그것도 모르고 퍼레이드를 따라 춤도 추고 행복한 시간을 보냈지요. 퍼레이드가 끝나고 사람들이 광장에서 하나둘 사라졌어요.

'어? 엄마, 아빠…….'

갑자기 정훈이는 혼자가 된 느낌이었어요. 주위를 둘러보니 부모님이 옆에 없었어요. 당황한 정훈이는 그 자리에서 울음을 터트리고

말았어요. 그때 울고 있는 정훈이 곁으로 한 아주머니가 다가왔어요.

"아가야, 여기 왜 혼자 와 있니?"

"아주머니. 엄마, 아빠를 잃어버렸어요."

"울지 마렴. 아줌마가 너희 부모님을 꼭 찾아서 집에 보내 줄게."

정훈이는 전혀 의심하지 않았어요. 아주머니는 정훈이 손을 잡았어요. 정훈이는 아주머니가 엄마, 아빠를 찾아 줄 거라 생각했죠.

"많이 놀랐겠구나. 이제 그만 울어. 아줌마가 음료수라도 사 줄게."

정훈이는 울다가 아주머니의 말을 듣고 낯선 곳으로 이끌려 따라갔어요.

아주머니는 정훈이 손에 음료수를 쥐여 준 후 놀이공원 밖으로 바쁘게 걸어갔어요.

"아주머니, 어디로 가는 거예요? 엄마랑 아빠가 놀이공원에 있단 말이에요."

"응, 놀이공원이 너무 넓어 부모님 찾기가 어려울 것 같아서 경찰서로 가려고. 어쩜 부모님도 경찰서에 계실지 몰라."

경찰서에 간단 말에 정훈이는 안심이 되었어요. 경찰 아저씨가 도와주시면 금방 부모님을 만날 수 있을 것 같았어요. 하지만 아주머니는 허름한 아파트를 지나 어둠이 가득한 다리 밑으로 들어갔어요. 정훈이는 조금만 지나면 경찰서가 나올 거라 생각했어요.

'어디로 가는 거지?'

다리 밑으로 들어가자 다 부서질 듯한 문이 있었어요. 문을 열고 들어가자 씻지도 않은 정훈이 또래의 아이들이 무리를 지어 앉아 있었죠.

"아주머니, 여긴 어디예요? 어디 가시는 거예요?"

"잠자코 있지 않으면 넌 평생 부모님을 만날 수 없어. 내 말을 잘 들어야만 부모님을 찾아 줄 거야. 여기 있으면 내가 너희 부모님을 찾아서 데리고 올게."

"경찰서에 간다고 했잖아요."

"경찰서는 아이가 가긴 위험해! 나 혼자 다녀올 테니 친구들 말 잘 듣고 있어!"

아주머니는 날카롭게 정훈이를 향해 쏘아붙였어요. 친절하던 아주머니의 모습은 온데간데 없이 사라지고 마치 마귀 할머니 같은 목소리로 말이지요. 홀로 남은 정훈이 곁으로 차림이 더러운 아이들이 모여들었어요.

"너 이름이 뭐야? 길을 잃은 거야? 아님 가출한 거야? 뭐 어찌 됐든 이제 너도 나처럼 집에 못 돌아가. 그러니 집에 가겠다고 울거나 떼를 쓰면 안 돼. 말을 안 들으면 너를 때리거나 해치려고 할지 몰라. 가만히 아주머니가 시키는 대로 해야 살 수 있어. 알겠어?"

정훈이 또래의 아이가 슬픈 표정을 지으며 이야기했어요.

"야, 조용히 해! 이상한 소리 하지 말고 나가서 껌이나 팔아! 오늘도 한 사람당 만 원씩 벌어 오지 못하면 굶을 줄 알아!"

아이 중 키가 제일 큰 아이가 소리를 질렀어요. 아이들은 저마다 껌 한 통씩을 들고 떠밀려 나갔어요.

"자, 넌 나랑 나가자. 내가 가르쳐 줄게."

아이들은 각자 맡은 구역으로 돌아가 껌을 팔았어요. 정훈이도 아이들을 따라 껌을 팔기 시작했어요. 아주머니가 시키는 대로 하지 않으면 밥도 먹지 못했지요. 정훈이와 같이 있던 친구는 영양실조로 하늘나라로 가기도 했어요. 그렇게 하루, 이틀 시간이 지나고 깔끔하던 정훈이는 친구들처럼 남루한 차림이 되었어요.

'엄마, 아빠 보고 싶다.'

한 친구는 도망치려고 하다가 아주머니와 함께 있던 아저씨들에게 잡혀 온몸에 매를 맞았어요. 시퍼렇게 멍이 들고 피가 났지만 아무도 그 친구에게 다가갈 수 없었어요.

'엄마, 아빠는 지금 나를 찾고 있을까?'

정훈이는 그토록 부모님을 그리워했지만, 무서운 아주머니와 아저씨가 시키는 대

로 매일매일 껌을 팔 수밖에 없었어요.

여러분, 사람이 많은 곳에 가면 왜 부모님은 여러분에게 꼭 옆에 있으라고 할까요? 왜 공원이나 사람이 많은 곳에서는 아이를 찾는다는 방송이 끊임없이 들리는 것일까요?

정훈이는 엄마, 아빠의 말을 듣지 않고 퍼레이드를 보기 위해 혼자 움직였지요. 놀이공원처럼 잘 모르는 낯선 곳에서는 어린이들이 길을 쉽게 잃어버릴 수가 있어요. 어른들도 마찬가지인걸요. 그러므로 엄마, 아빠의 말을 잘 듣고 따라야 해요. 엄마, 아빠의 말을 듣지 않고 혼자 행동하면 정훈이처럼 영영 집에 돌아가지 못할 수도 있어요.

그럼 길을 잃으면 모두 집에 돌아가지 못하는 걸까요? 아니에요. 현명하게 행동하는 친구들은 부모님의 품으로 돌아갈 수 있어요. 하지만 그렇지 않은 경우가 더 많기 때문에 조심해야 합니다.

만약 정훈이처럼 길을 잃어버렸다면 어떻게 해야 할까요? 길을 잃어버렸을 때는 당황해서 눈물도 나오고 걱정도 많이 될 거예요. 하지만 눈물을 멈추고 숨을 한 번 들이쉬고 내쉬면서 마음을 정리해야 해요. 그리고 유니폼을 입고 있는 직원이나 지나가는 어른들에게 길을 잃었다고 도움을 청하거나, 그 자리에서 휴대 전화를 빌려 부모님에게 연락을 해서 자신의 위치를 알리는 것이 좋아요. 놀이공원이나 마트 혹은 해수욕장이나 수영장 등에서 길을 잃으면 미아보호소를 찾아가서 자신의 이름과 나이, 부모님의 성함을 알려 주면 방송을 통해 부모님을 쉽게 찾을 수 있어요.

엄마, 아빠를 찾기 위해 이곳저곳 돌아다니다가 자신이 모르는 곳이나 사람이 별로 다니지 않는 곳에 가면 유괴를 당할 위험에 처할 수 있어요. 그러니 사람이 별로 다니지 않는 곳에 가는 행동은 되도록 하지 않는 것이 좋아요.

부모님의 이름이나 나이, 전화번호를 기억해 길을 잃어버렸을 때 이야기할 수 있도록 평소에 미리 준비해 둬요. 낯선 사람이 다가와 자신을 모르는 곳으로 데려간다고 하면 "싫어요."라고 큰소리를 쳐 다른 사람에게 도움을 청하는 것이 좋아요.

이런 일이 일어나지 않도록 하기 위해서는 엄마, 아빠의 말씀을 잘 듣고 손을 꼭 잡고 다녀야 해요. 그리고 절대 부모님의 시야에서 벗어나는 행동은 하지 않도록 해요. 또 낯선 사람의 겉모습만 보고 좋은 사람으로 생각하고는 그 사람이 하는 말을 곧이곧대로 믿는 행동을 해서는 안 돼요.

"미혜야, 잘 가. 교환 일기 쓰는 거 잊지 말고."

"알았어, 내일 보자."

미혜와 수연이는 단짝 친구예요. 매일매일 학교에서도 함께 붙어 다니고 집으로 돌아가서도 서로에게 하고 싶은 말을 교환 일기에다 적어 돌려 보지요. 미혜는 수연이뿐만 아니라 친구들과 사이좋게 지내는 하루하루가 무척 즐거웠어요. 늘 친구를 먼저 배려하고 도와주는 미혜 주위에는 항상 친구가 많았어요. 미혜는 자신을 좋아하는 친구가 많을수록 기분이 좋았지요.

'수연이가 있어서 정말 좋아. 수연이와 함께하는 학교 생활은 하루하루가 즐거워. 또 학원 친구인 지수도 참 좋아. 모르는 문제를 지수와 함께 고민하다 보면 실력이 쑥쑥 느는 것 같아. 주말마다 교회에서 만나는 효임이도 정말 좋아. 같이 기도도 하고 신앙 공부도 하면 어려운 문제도 모두 해결할 수 있을 것만 같아.'

교환 일기를 쓰던 미혜는 친구의 얼굴을 하나씩 떠올려 보았어요. 모두 미혜를 향해 해맑게 웃고 있었어요.

'친구가 많아서 얼마나 다행인지 몰라. 좋은 기억도, 앞으로 하고 싶은 일도 가득하니까. 나도 친구들에게 더욱 좋은 친구가 되어야지.'

기분이 좋아진 미혜는 수연이에게 하고 싶은 말을 교환 일기 한가득 적어 나가기 시작했어요.

수연아, 오늘 함께 수업도 듣고 얘기도 많이 나눠서 정말 즐거웠어. 내일은 너에게 줄 선물을 가져가려고 해. 내가 오래전부터 너에게 주려고 만든 손뜨개 인형이야. 엄마에게 만드는 방법을 배워서 한 땀 한 땀 정성을 다해 만들었으니 네가 많이 기뻐해 줬으면 좋겠어.

미혜는 수연이에게 주려고 준비한 손뜨개 인형을 조심스럽게 포장해 교환 일기와 함께 가방에 넣고 잠이 들었어요. 내일은 또 얼마나 즐거운 하루가 될지, 잠이 드는 미혜의 가슴이 두근거렸어요.

다음 날 아침, 학교에서 수연이에게 줄 선물 생각에 마음이 들뜬 미혜는 일찍 일어나 등교 준비를 마쳤어요.

"미혜야, 오늘 학교 준비물은 다 챙겼니?"

"네, 엄마. 학교 다녀오겠습니다!"

"그래, 차 조심해서 잘 다녀오렴."

미혜는 뒤에서 손을 흔드는 엄마에게 인사를 하고 학교로 향했어요. 아파트 단지를 나와 횡단보도에서 신호를 기다리고 있을 때, 갑자기 승용차 한 대가 미혜 앞에서 급하게 멈춰 섰어요. 운전석 옆 창문이 열리고 어느 아줌마가 미혜를 향해 다급하게 외쳤어요.

"미혜야, 큰일 났다. 어머니가 쓰러지셨어. 빨리 아줌마와 가자."

"네? 엄마가요?"

"그래, 아침에 쓰러지셔서 큰 병원에 입원하셨어. 빨리 아줌마랑 가 보자."

엄마가 쓰러졌다는 아줌마의 말에 미혜는 모르는 사람이라는 사실도 잊은 채 차에 올라탔어요.

"엄마, 어디가 아프신 거예요? 아까까지만 해도 정말 괜찮으셨는데……."

미혜는 엄마 걱정에 어쩔 줄 몰라 했어요.

"이제는 병원에 가셨으니 걱정하지 말아라."

아줌마는 안절부절못하는 미혜를 안심시키며 차를 몰았어요. 차는 미혜가 아는 동네를 벗어나 멀리멀리 갔지만, 엄마가 계시다는 병원으로 가지는 않았어요.

"아줌마, 여기는 병원이 아니잖아요. 지금 어디 가는 거예요?"

미혜의 질문에 아줌마는 아무 대답도 없었어요. 차는 점점 외진 곳으로 향해 갔어요. 차가 멈춰 선 곳은 엄마가 있는 병원이 아닌 낯선 창고였어요.

"아줌마, 여기가 어디예요? 엄마는 어디 계세요?"

"조용히 하고 어서 따라와!"

아줌마는 미혜를 거칠게 차에서 끌어내려 창고로 떠밀었어요.

"창고에서 한 발짝이라도 움직이면 정말 너희 엄마한테 무슨 일 생길 줄 알아!"

창고에서 도망치려던 미혜는 아줌마의 협박에 겁에 질려 그 자리에서 꼼짝 못 하게 되었지요. 아줌마는 어두운 창고에 미혜만 남겨 둔 채 차를 타고 사라졌어요. 미혜는 창고 구석구석을 뒤지며 나갈 구멍을 찾았지만, 창고의 문은 단단하게 닫혀 있었어요. 시간이 지나고 해가 지면서 창고 안은 더 어두워졌어요. 미혜는 겁이 나 책가방을 꼭 끌어안은 채 창고 한구석에서 바들바들 떨고 있었어요.

'오늘 학교에도 못 가고…….

다들 얼마나 걱정하고 있을까? 마음 약한 엄마는 울고 있을

지도 몰라……. 엄마랑 아빠가 정말 보고 싶어. 선생님과 친구들은 어쩌고 있을까? 내가 없어서 수연이는 온종일 혼자 있었을지 몰라. 점심도 혼자 먹었겠지?'

미혜는 자신을 걱정하며 울고 있는 친구들의 모습을 떠올렸어요. 친구 중 가장 서럽게 우는 수연이 모습도 떠올랐어요. 미혜는 수연이 생각에 가방 속에 넣어 뒀던 인형이 떠올랐어요. 서둘러 곱게 포장해 놨던 인형을 꺼냈어요. 자신을 보며 슬픈 표정을 짓고 있는 듯한 인형을 꽉 껴안은 채 미혜는 눈물을 흘렸어요.

'엄마……, 아빠……. 수연아, 정말 보고 싶어. 너무 무서워.'

슬플 때 같이 눈물을 흘려 주고 좋을 때 같이 웃어 주는 친구가 옆에 있다는 것은 정말 좋은 일이에요. 어린이 여러분도 그런 친구가 있나요? 평소 미혜는 좋은 친구를 만나 학교 생활도 잘해 오고 즐겁게 생활했지요. 하지만 미혜의 잘못된 행동으로 인해 다시는 소중한 친구들을 볼 수 없게 되었어요.

미혜의 잘못된 행동은 무엇일까요? 이런 일이 생기지 않도록 하기 위해 어린이 여러분은 어떻게 행동해야 할까요? 미혜는 낯선 사람이 다가왔을 때 아무런 의심 없이 따라갔지요. 이것은 정말 잘못된 행동이에요. 아무리 평소 잘 아는 사람이라도 절대 부모님 동행 없이는 따라가지 않도록 해야 해요.

미혜에게 말을 걸어온 사람은 평소 잘 아는 사람도 아니었지요. 그렇기 때문에 미혜를 속이기 위해 가족을 범죄에 이용했어요. '엄마가 병원에 입원해 있다.'는 중요한 말을 함으로써 친구들이 따라올 수 있도록 이유를 만든 것이죠. 만약 여러분이 미혜라면 어떻게 했을까요? 여러분도 어느 날 엄마가 갑자기 아파서 병원에 있다는 말을 전해 들으면 너무 놀라고 당황스러울 거예요. 하지만 이런 상황에서 아직은 대처가 미숙한 어린이들을 이용해 유괴를 시도하는 나쁜 사람들이 늘고 있다는 사실을 잊지 말고, 이런 경우에는 아빠나 할머니, 할아버지, 외할머니, 외할아버지 등 믿을 만한 친척 어른에게 먼저 전화를 하세요. 이렇게 믿을 만한 어른의 전화번호 세 개 정도는 평소에 외우고 있어야 합니다.

그리고 모르는 사람이 자동차에 태우려고 하거나 부모님이나 주변 사람들을 언급하며 모르는 곳으로 데려가려고 한다면 어떻게 해야 할까요? 모르는 사람이나 자동차가 계속 가까이 다가오거나 이상한 느낌이 든다면, 혼자 행동하지 말고 사람이 많은 곳으로 가는 것이 좋아요. 부모님 동행 없이 혼자 있는 어린이들은 범죄의 표적이 될 가능성이 높기 때문이죠.

경찰 강력계에서 알려 준 유괴 사건 유형을 살펴보면 부모님이 찾는다는 속임수를 이용해 유괴하는 경우가 많았지요. 엄마, 아빠라는 말이 여러분에게 굉장한 믿음을 주기 때문이에요. 최근 어느 방송 프로그램에서 한 실험을 보면 그 점이 잘 나타나 있어요. 신 나게 놀고 있는 어린이 10명에게 모르는 어른이 엄마가 찾는다고 같이 가자고 이야기하자 실험에 참여한 50퍼센트인 5명이 바로 따라나선 것이지요. 참 놀랍지요?

또 이런 경우도 있어요. 약간의 의심이 들지만 상대가 기분 나쁘지 않을까 하는 생각에 위급 상황이 되어도 대처를 못 하는 친구들이 있지요. 또 피해를 봐도 본인의 잘못이라는 죄책감과 수치심을 가지는 친구들이 있어요. 하지만 여러분, 혹시 진짜 오해를 했다고 해도 괜찮아요. 나의 안전을 먼저 생각하기 때문에 한 행동이라면 용서된답니다.

여러분이 좋아하는 친구들과 매일 좋은 시간을 보내고 몸도 마음도 튼튼한 어린이가 되기를 바랍니다.

"자, 4분의 4박자로 박자 맞추면서……. 옳지, 거기서는 점점 빠르게!"

피아노 학원 가득 윤희가 연주하는 교향곡의 아름다운 선율이 울려 퍼졌어요. 어려운 악보에도 윤희의 작은 손가락은 머뭇대지 않고 춤추듯 건반 위를 날아다녔어요.

"우리 윤희 실력이 정말 많이 늘었구나!"

선생님의 칭찬에 윤희의 두 뺨이 붉어졌어요.

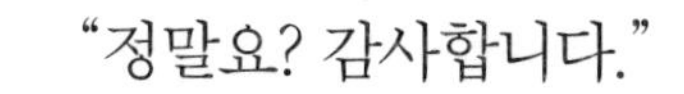

"정말요? 감사합니다."

"그래, 내일 있을 대회에서는 좋은 결과 기대할 수 있겠어. 지난 대회에서 아쉽게 1등을 놓쳐 얼마나 섭섭했는지 몰라. 이번 대회는 1등을 목표로 노력해 보자."

"네, 선생님."

윤희의 꿈은 피아니스트예요. 피아니스트가 되어 많은 사람에게 감동과 힘을 주는 연주를 하고 싶었어요. 곡이 끝나고 박수갈채를 받는 생각만 해도 윤희의 마음은 보람으로 벅차올랐어요.

"윤희야, 이제 그만하고 집으로 돌아가렴. 오늘 푹 쉬고 내일 대회장에서 보자."

"선생님, 저 연습 더 하고 싶어요."

"조금 있으면 집으로 가는 학원 차가 올 텐데?"

"연습하다가 걸어가면 돼요. 학원에서 집까지 가까운걸요."

"그래, 기특하구나. 그럼 대회가 내일이니 오늘까지만 고생하도록 하자."

정해진 학원 수업을 마치고 저녁때까지 오랜 시간 연습했지만, 윤희는 하나도 피 곤하지 않았어요. 이번 대회에서는 꼭 1등을 해 부모님과 선생님을 기쁘게 해 드리고 싶었거든요.

무엇보다도 이번 수상이 피아노를 전문적으로 배울 수 있는 예술 중학교 입학에 도움이 된다는 생각에 윤희의 기대는 점점 커졌어요. 연습을 열심히 하면 할수록 꿈에 한 발짝 더 가까워지는 것 같았어요.

"윤희야, 너무 오래 연습하는구나. 힘들지 않아? 무리하지 말고 이제 집에 가서 쉬어라."

피아노 소리로 가득 찼던 학원은 학생들이 모두 집으로 돌아가 고요했어요. 윤희는 제일 마지막으로 학원 문을 나섰어요. 밖으로 나가니 이미 어둠이 내려 온통 깜깜했어요. 윤희는 무서워져 서둘러 발걸음을 옮겼어요.

웬일인지 집으로 돌아가는 길에는 윤희뿐이었어요. 주위는 바람에 흔들리는 나뭇잎 소리만 들릴 정도로 고요했어요. 그때 갑자기 윤희

뒤로 발걸음 소리가 들렸어요.

"뚜벅, 뚜벅……."

겁이 난 윤희는 발걸음을 재촉했어요. 빨라진 윤희의 발걸음에 맞춰 윤희를 따라오는 발걸음 소리도 함께 빨라졌어요. 윤희가 뛰기 시작하자, 발걸음도 함께 뛰더니 갑자기 누군가 거칠게 윤희의 팔목을 잡아챘어요.

"누구세요?"

놀란 윤희가 고개를 들어 남자의 얼굴을 쳐다봤어요. 늘 피아노 학원에서 집까지 데려다 주는 학원 차 아저씨였어요.

"아이! 뭐예요, 아저씨. 깜짝 놀랐잖아요?"

"미안, 미안. 많이 놀랐구나. 뒷모습이 윤희 같아서 쫓아와 봤지. 지금 집에 가는 거니?"

"네, 오늘은 피아노 연습을 좀 더 하느라 학원 차를 타지 못했어요."

"그래, 많이 피곤하겠구나. 밤이 늦었는데 아저씨가 학원 차로 데려다 줄까?"

"정말요? 네, 감사합니다!"

오랜 피아노 연습으로 피곤하던 윤희는 데려다 준다는 아저씨 말씀이 정말 반가웠어요. 또 혼자 집까지 걸어가는 것이 너무 무섭기도 했지요.

"그럼, 윤희야. 아저씨가 차 열쇠를 두고 왔거든. 같이 열쇠 좀 가지러 갈까? 차 타고 윤희를 데려다 준 다음에 아저씨도 집에 가게 말이야."

"네, 열쇠가 어디에 있는데요?"

"아까 아저씨가 뭣 좀 사느라 상가에 갔다가 거기 두고 온 것 같지 뭐냐. 여기서 멀지 않으니 함께 가자. 아니면 윤희 혼자 여기서 기다리고 있을래?"

"아니에요, 아저씨랑 함께 갈래요."

윤희는 아저씨를 쫓아 모르는 곳에 가는 게 왠지 겁이 났지만, 혼자 길에 남아 있는 것이 더 무서웠어요.

"윤희야, 이 건물 지하실에 놓고 왔어. 밤이 되니 불이 꺼져 어두운 걸. 아저씨도 겁이 나서 그러니 윤희와 함께 가야겠다."

"아저씨는 어른인데도 겁이 나요?"

"그럼, 아저씨도 겁이 나지. 윤희가 키가 작으니 아저씨 앞으로 걸어라. 아저씨가 뒤에서 잡아 줄게."

"네, 알겠어요."

지하실로 내려가는 계단을 윤희는 앞장서서 걸었어요. 아저씨는 윤희 어깨를 잡고 뒤따라 계단을 내려갔어요. 윤희가 먼저 지하실 입구에 들어서자 아저씨는 들어오지 않고 머뭇거렸어요.

"이상하다? 분명 여기다 두고 온 것 같은데……. 윤희야 불 좀 켜 줄래?"

"불이요? 스위치가 어디에 있는데요? 너무 어두워서 보이지가 않아요."

"쾅!"

윤희가 주위를 둘러보며 스위치를 찾고 있을 때 갑자기 큰 소리와 함께 지하실 문이 닫혔어요. 윤희는 깜짝 놀라 지하실 문으로 달려갔어요.

"아저씨, 아저씨! 어디 계세요? 지하실 문이 닫혔어요! 아저씨, 문 좀 열어 주세요!"

윤희가 아무리 문을 세게 두드려도 지하실 문은 열리지 않았어요.

"조용히 해! 어차피 문은 열리지 않을 거야. 너희 집 전화번호나 당장 말해!"

다정한 아저씨의 목소리는 어느새 험상궂게 변해 있었어요.

"아저씨, 왜 그러시는 거예요? 여기서 꺼내 주세요! 제가 잘못했어요! 네?"

"전화번호를 말하면 문을 열어 주겠어!"

윤희는 서둘러 집 전화번호를 말했지만, 더 이상 아저씨의 목소리는 들리지 않았어요. 윤희는 계속해서 문을 두드리다 힘이 빠져 바닥에 주저앉았어요. 철문을 세게 내리친 윤희의 양 손은 부풀어 올라 욱신거렸어요. 윤희의 몸이 차가운 바닥에 쓰러져 바들바들 떨렸어요. 하염없이 눈물을 흘리던 윤희의 머릿속에 조금 전까지 치고 있던 피아노가 떠올랐어요. 내일 대회에서 입을 하얀 드레스도 떠올랐어요. 그러나 드레스를 입고 피아노를 치는 자신의 모습은 떠오르지 않았어요.

'아저씨를 따라가지 말고 곧장 집으로 돌아갈 걸 그랬어. 이제 어떡하지? 내일까지 여기서 나갈 수 없으면……, 대회에는 나갈 수 없는 걸까?'

윤희의 머릿속 생각이 많아질수록 윤희는 이제 더 이상 피아노를 칠 수 없을 것 같았어요. 그토록 원하던 피아니스트의 꿈을 이루지 못할 수도 있다는 생각에 윤희는 깊은 슬픔에 빠졌어요. 윤희는 뜨거운 눈물을 흘리며 내일 아침이 되기 전 닫힌 문이 열리기를, 그래서 피아노 대회에 나갈 수 있기를 간절히 기도했어요.

어린이 여러분은 밤늦은 시간에 귀가한 적이 있나요? 최근 여성과 어린이를 상대로 한 성범죄 등 흉악 범죄가 끊이지 않고 있어요. 특히 여성과 어린이는 상대적으로 남성보다 약한 신체를 가지고 있기 때문에 나쁜 사람들은 이것을 이용해 범죄를 저지릅니다.

밤은 낮과 달리 캄캄하고 모두가 자는 시간이므로 길에 다니는 사람이 별로 없지요. 이런 시간에 밤길을 다니다가 위험한 상황에 처하면 주변에 도움을 청할 사람도 많지 않아요.

어린이 여러분도 윤희처럼 꿈을 가지고 있나요? 윤희는 피아니스트가 되는 게 꿈이었지요. 아직 초등학생인 윤희는 원하는 예술 중학교를 가기 위해 대회를 준비하고 있었어요. 남들보다 더 피아노를 잘 치기 위해서는 많은 노력이 필요했어요. 또 다가온 대회에서 좋은 성적을 내기 위해 윤희는 피아노 학원에서 밤늦게까지 열심히 피아노를 쳤어요.

남보다 열심히 하는 것은 나쁘지 않아요. 그런데 꿈을 이루기 위해서는 노력도 필요하지만 건강한 내 몸이 더 중요해요. 내 몸이 건강해야 꿈도 이룰 수 있는 것이지요. 윤희처럼 나쁜 사람의 표적이 되는 상황이 생기면 안 되겠지요?

이런 끔찍한 일을 만들지 않기 위해서는 어떻게 해야 할까요? 되도록 일찍 집으로 들어가는 것이 좋아요. 혹시라도 밤늦게 가야 할 상황이 생긴다면 부모님에게 미리 전화로 알려야 해요. 부모님에게 내가 있는 위치를 알리고 언제쯤 출발할 것인지, 어떤 길로 집에 갈 것인지를 말해야 해요.

만약 부모님에게 이런 사실을 알리지 못할 상황이 온다면 어떻게 해야 할까요? 어둡고 컴컴한 좁은 길보다 사람들이 많이 돌아다니는 큰길가로 걷는 것이 좋아요. 조금 더 집에 일찍 가고 싶다고 해서 좁은 길을 이용해 시간을 단축하다가는 어린이 여러분이 원하는 꿈을 못 이루게 될지도 몰라요. 조금은 돌아가더라도 더 밝고 사람들이 많은 길을 선택하도록 해야 합니다.

혹시라도 혼자서 택시를 타게 될 일이 생긴다면 조심해야 해요. 택시도 안전하다고 믿을 수는 없어요. 요즘은 택시를 이용한 범죄도 빈번히 발생하고 있어요. 택시를 탈 때는 앞자리보다 뒷자리에 타도록 해요. 택시를 타면 종종 중간에 다른 사람을 태우고 가자는 경우가 있어요. 이럴 때는 강력하게 거부하도록 합니다. 택시 기사 아저씨가 행선지와 다르게 가는지도 잘 확인하고 부모님에게 전화해서 현재 위치를 알려야 합니다. 출발하기 전 택시 번호판을 외우거나 휴대 전화로 촬영해 부모님께 문자를 보내는 것도 좋은 방법이 될 수 있어요.

이런 모습을 보고 '택시 아저씨가 혹시 기분 나빠 하지는 않을까?'라는 걱정을 하는 친구도 있을 거예요. 하지만 이렇게 하더라도 전혀 무례한 행동이 아니에요. 앞에서도 말했듯이 안전을 위해서 한 행동은 이해받을 수 있어요. 오히려 택시 기사 아저씨가 여러분의 안전한 귀가를 위해 더 신경 써 주실지도 몰라요.

우리는 꿈을 이루기 위해 많은 노력을 합니다. 하지만 그 전에 우리 몸이 우선돼야 해요. 꿈이 중요하듯 우리의 몸도 소중한 거예요. 현명한 행동으로 후에 멋진 꿈을 이루는 사람이 되기를 바랍니다.

PART 2

낯선 사람이 접근할 때, 이렇게 해 봐요

"다현아, 뭐 하니?"

집 앞마당에서 소꿉놀이를 하는 다현이에게 이웃집 아저씨가 다가와 말을 걸었어요. 다현이네 아랫집에 사는 아저씨는 다현이를 볼 때마다 항상 반갑게 인사를 해 주셨어요.

"안녕하세요, 아저씨. 소꿉놀이하고 있었어요."

"소꿉놀이?"

"네. 원래 엄마, 아빠 놀이였는데 친구들이 모두 집으로 돌아가 혼자 하고 있었어요."

"그렇구나. 지금 나뭇잎으로 뭘 하는 거니?"

"나뭇잎을 빻아서 저녁 식사를 만들고 있었어요."

다현이는 화단에 가득 피어 있는 봉숭아 꽃과 잎을 따 돌로 으깨어 저녁 식사를 만드는 놀이를 하고 있었어요. 봉숭아를 돌로 짓이기자 빨간 꽃물이 흘러나왔어요.

"하하, 아주 맛있겠는걸! 그러고 보니 벌써 저녁 식사 시간이구나. 다현이는 집에 안 가니?"

학교를 마친 후 한참 동안 소꿉놀이를 하던 다현이는 고개를 들어 하늘을 봤어요. 어느덧 해가 지고 붉은 노을이 물들고 있었어요.

"아직 엄마가 집에 안 오셨어요. 엄마 오시면 함께 집에 들어가려고요."

"그럼 집에는 아무도 없니?"

"네."

"엄마는 언제쯤 오시는데?"

아저씨는 빙그레 웃으면서 다현이에게 계속 질문을 했어요.

"많이 어두워져야 오세요."

"아빠는?"

"아빠는 멀리 일하러 가셔서 주말에만 집에 오세요."

"다른 형제자매는 없니?"

"네, 저 혼자예요."

다현이는 오늘따라 이것저것 묻는 아저씨가 이상했지만, 이웃집 아저씨라 공손히 대답했어요.

"그렇구나. 다현이 배가 많이 고프겠구나."

"엄마 오시면 함께 저녁 먹으면 돼요."

학교 점심 급식 이후 아무것도 먹지 않은 다현이의 배에서 꼬르륵 소리가 났어요. 간식도 먹지 못한 다현이는 배가 많이 고팠어요. 하지만 아무도 없는 집에서 혼자 밥을 먹고 싶지는 않았어요.

"엄마가 오시려면 아직 멀었지 않니? 배가 많이 고플 텐데 아저씨랑 함께 저녁 먹을까? 마침 아저씨도 집에 혼자 있어서 심심한 참이었거든. 다현이는 어떤 음식을 좋아하니? 피자를 좋아하니? 아님, 짜장면?"

짜장면 소리에 다현이는 입에 침이 고였어요. 달콤한 소스에 면을 비벼 먹는 짜장면은 다현이가 제일 좋아하는 음식이에요.

"짜장면이요?"

"그래, 아저씨가 시켜 주마. 짜장면도 한 그릇씩 먹고 탕수육도 하나 시켜서 둘이 나눠 먹자. 어때? 아저씨 집으로 가서 저녁 먹을래? 어차피 엄마가 돌아오실 때까지 기다리려면 너무 늦지 않니?"

짜장면과 탕수육을 같이 먹을 수 있다는 얘기에 다현이는 귀가 솔깃했어요. 또 배가 너무 고파 평소처럼 엄마를 기다리기 어려울 것 같았어요.

'어떡하지? 아저씨랑 밥을 먹어도 괜찮을까? 하지만 짜장면이랑 탕수육은 정말 먹고 싶은걸. 그래, 어차피 이웃집 아저씨니까 아무 일 없을 거야.'

다현이는 친숙한 아저씨였기에 아무 걱정 없이 아저씨 집으로 따라갔어요. 다현이는 맛있는 짜장면과 탕수육을 먹을 생각에 잔뜩 기대가 됐어요. 아무도 없는 아저씨 집에 도착하자 아저씨는 문을 잠그고 다현이에게 다가왔어요.

"아저씨, 짜장면은 어디서 시키실 거예요? 집 앞 상가에 맛있는 데

반점

가 있는데 저희는 항상 거기서만 시켜 먹어요."

"그래그래, 빨리 짜장면 먹어야지. 아저씨도 배가 무척 고프단다. 그런데 다현아, 짜장면을 먹기 전에 아저씨랑 재밌는 놀이를 하지 않을래? 잠깐 아저씨 곁으로 와 보렴."

왠지 다현이는 기분이 이상했어요.

"네? 저 빨리 먹고 집으로 돌아가야 해요. 엄마가 기다리실지도 몰라요."

"잠깐이면 된다니까. 어차피 엄마가 돌아오려면 아직 멀었잖니? 그리고 아저씨 말을 잘 들어야 아저씨가 맛있는 저녁도 사 주지."

다현이는 갑자기 변한 아저씨의 모습에 겁이 났지만, 매일 보는 아저씨라 나쁜 사람은 아닐 거란 생각에 순순히 아저씨 곁으로 갔어요.

"옳지, 다현이는 아주 착하구나. 자, 이제 아저씨가 하자는 대로 말만 잘 들으면 된다."

다현이는 갑자기 자신을 와락 껴안는 아저씨가 싫고 무서웠지만 아무 말도 할 수 없었어요.

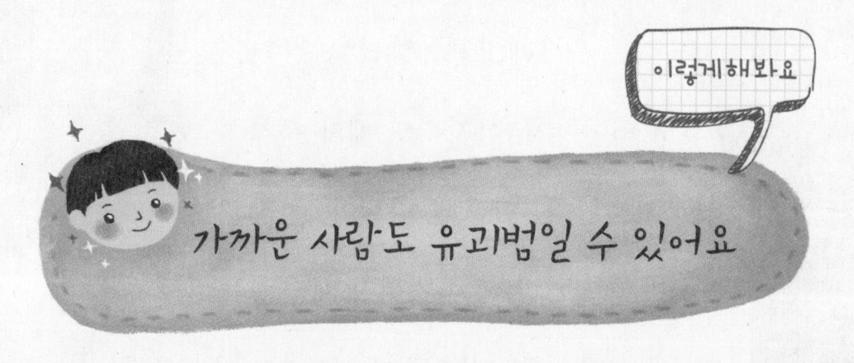

요즈음, 텔레비전 뉴스를 보면 좋지 않은 소식이 심심찮게 들려오고 있어요. 어린이를 유괴해 성폭행하고, 심지어 살인까지 하는 사건이 일어나고 있다고 해요.

세상 사람이 모두 착하다면 얼마나 좋을까요? 그러나 세상에는 나쁜 사람, 착한 사람이 함께 살고 있어요. 그래서 어린이 여러분을 이용하는 나쁜 사람은 알아볼 수 있어야 하지요. 나쁜 사람은 자신이 나쁜 사람이란 것을 남들이 알 수 없게 숨기지요. 착한 얼굴을 무기로 해서 여러분을 노리기도 해요. 나쁜 사람은 여러분 가까이에 있을 수 있답니다. 그렇기에 나쁜 사람과 유괴범에 대해 잘 알고 현명하게 대처하는 것이 중요하죠.

범인은 이웃에 있다?

통영에서 발생한 초등생 한 모(10) 양 살해 · 매장 사건의 피의자는 한 양의 집 근처에 살던 주민 김 모(44) 씨였다. 한 양이 사는 마을과 도로를 경계로 불과 100미터 떨어진 곳에 사는 김 씨는 사건 발생 후 언론과 인터뷰를 할 정도로 태연한 모습을 보이기도 했다.

제주 사건의 유력 용의자로 23일 긴급 체포된 A(46) 씨도 사건 발생지에서 그리 멀지 않은 곳에 살고 있는 것으로 알려져 불안을 더하고 있다. 성폭행과 강도, 살인 등 강력 범죄를 이른바 '동네 주민'이 저지르는 경우는 과거 사례를 뒤져 봐도 드물지 않게 나온다.

연합뉴스 2012/07/23

이 사건은 한동네 주민이 이웃의 어린이를 유괴한 끔찍한 일이에요. 범인이 한 양과 서로 알던 사이로 밝혀져 모두 많이 놀랐답니다. 이처럼 유괴는 더 이상 낯선 사람만이 저지르는 일이 아니에요. 동네 주민이나 잘 알고 지내던 사람도 범인이 될 수 있어요. 유괴 사건은 실종 사건보다 부모님의 품으로 돌아오기 어렵다고 합니다. 그래서 예방이 최선이에요. 아는 사람이라도 무작정 따라가지 않아야 하겠죠.

아는 사람이라며 함께 가자고 하면 어떻게 행동해야 하는지 함께 연습해 보세요

Q. 저 혼자 있는데 길에서 한 아주머니를 만났어요. 저에게 예전에 옆집 살던 아줌마라고 하면서 엄마가 함께 오라고 했대요. 이럴 땐 어떻게 해야 하나요?

A. 어린이 여러분이 혼자 있을 때는 특히 위험해요. 혼자 있는 것을 빌미로 엄마, 아빠를 핑계 대면서 유인을 하는 경우가 있죠. 아주머니의 이름이나 얼굴을 알고 있어도 절대 따라가지 말고 "부모님께 먼저 여쭤 볼게요."라고 말해요.

Q. 낯선 사람이 엄마가 쓰러졌다며 같이 병원에 가자고 차에 타라고 해요. 차에 타야 하나요?

A. 엄마가 찾으신다, 엄마가 쓰러지셨다 등 여러분이 걱정할 만한 이야기로 차에 타라고 하거나, 데리고 가려는 사람이 있을 수 있어요. 이 경우 여러분은 많이 당황해 낯선 사람 말을 들을 수 있죠. 이때는 침착하게 엄마께 전화를 걸어 확인해 보는 것이 좋아요. 또 낯선 사람에게 "아빠나 다른 가족과 함께 따로 엄마께 가 볼게요."라고 말한 뒤, 차에 타지 말고 곧장 집으로 가서 사실 여부를 확인해야 해요.

"엄마, 학교 다녀왔습니다."

"그래, 동윤이 왔구나."

학교에서 집으로 돌아온 동윤이는 가방을 방에 두고 엄마가 계시는 주방으로 달려갔어요.

"엄마, 뭐 하세요?"

"응, 시장에 가려고 장바구니를 챙기고 있었지?"

"시장이요?"

"시장에 가서 반찬거리도 사고, 생활 용품도 사려고. 동윤이도 함께 갈래? 동윤이가 엄마 짐을 나눠 들어 주면 동윤이가 좋아하는 맛있는 반찬을 해 줄게."

"와, 신 나라. 엄마랑 함께 갈래요!"

동윤이는 신이 나 장바구니를 손에 들고 엄마를 따라나섰어요. 동윤이는 시장을 참 좋아해요. 시장에는 세상의 모든 물건이 모여 있는 듯 신기한 것들로 가득하거든요. 또 시장에 계시는 아줌마, 아저씨는 언제나 활기가 넘쳤죠.

"엄마, 오늘 저녁은 뭐예요?"

"오늘은 신선한 생선이 있으면 매운탕을 끓이려고 해. 아빠가 좋아하시겠지? 저기 생선 파는 아줌마한테 가 보자."

생선 판매대에는 싱싱한 생선이 한가득이었어요. 대야에 담긴 낙지는 아직 살아 있는지 몸을 꿈틀거렸어요.

"오늘은 어떤 생선이 물이 좋아요?"

"고등어도 좋고, 갈치도 좋지요."

엄마가 한참 동안 생선을 고르시자 동윤이는 심심해졌어요. 시장

대박떡집

이곳저곳을 구경하고 싶어진 동윤이는 엄마 곁을 슬그머니 빠져나왔어요.

시장에는 동윤이가 좋아하는 과자와 사탕이 잔뜩 쌓여

있는 가게도 있었고 옷과 양말을 파는 곳도 보였어요. 시끌시끌한 시장 분위기에 동윤이 마음도 들떴어요. 그때 시장 골목에서 반짝이는 불빛이 보였어요.

"어라, 저게 뭐지?"

골목에는 모자를 눌러쓴 아저씨 한 분이 불빛이 나는 팽이를 돌리고 계셨어요.

"아저씨, 뭐 하세요?"

"뭐하긴? 팽이를 팔고 있지."

"팽이를 파시려면 저기 사람 많은 곳에서 파셔야죠. 여긴 사람이 너무 없어요."

"이 팽이는 불빛이 나는 팽이라 이렇게 어두운 곳에서 팔아야 더 잘 팔린단다. 어때? 멋지지 않니?"

"네, 정말 멋있어요!"

동윤이는 빨간 불빛을 내며 빙글빙글 도는 팽이가 마음에 쏙 들었어요.

"그렇게 마음에 들면 너도 하나 사렴."

"팽이 하나에 얼마예요?"

"비싸지도 않아. 너에게는 특별히 삼천 원에 주마."

"삼천 원이요?"

동윤이는 주머니 속에 손을 넣어 가지고 있는 돈이 얼만지 확인했어요. 꼬깃꼬깃한 천 원짜리 지폐 한 장과 백 원짜리 동전 세 개가 전부였어요.

"제가 가지고 있는 건 이게 전부인걸요."

"음, 이 돈으로는 팽이를 살 수 없겠는걸. 못 받아도 팽이 값으로 삼천 원은 받아야 하거든."

동윤이는 팽이를 살 수 없다는 아쉬움에 울상이 되었어요.

"저런, 팽이가 정말 가지고 싶나 보구나. 그럼 내 심부름을 해 주면 너에게만 특별히 천 원에 주마."

"천 원이요?"

"그래, 천 원! 어때? 심부름 좀 해 줄 수 있겠니?"

"그럼요! 저는 엄마 심부름도 잘하는걸요."

"넌 아주 착한 아이구나. 아저씨가 팽이를 팔러 다른 동네로 가려고 하거든. 짐이 많으니 아저씨 차로 가 짐 나르는 것 좀 도와주렴."

"네!"

동윤이는 아저씨를 따라갔어요. 아까 골목길보다 더 사람이 없는 곳에 아저씨의 낡은 차가 세워져 있었어요.

"자, 차에 타렴. 짐을 다 나르면 집으로 데려다 주마."

동윤이는 엄마와 함께 시장에 왔다는 사실도 잊은 채 차에 타려고 했어요.

"김동윤!"

동윤이가 차에 타려는 순간 동윤이를 부르는 엄마의 목소리가 들렸어요.

"엄마."

"김동윤, 너 지금 어디 가는 거야? 엄마가 얼마나 찾았는지 아니? 아저씨는 누구시길래 우리 아들을 데려가는 거예요?"

아저씨는 대답도 없이 서둘러 차를 타고 사라졌어요.

"엄마, 화내지 마세요. 저 아저씨를 도와 드리면 불빛이 나는 팽이를 싸게 주신다길래 함께 가려고 한 거예요."

"너 엄마랑 시장 온 것 잊었니? 어디를 가려면 엄마한테 말을 하고 가야지. 갑자기 없어진 너를 얼마나 찾아다녔는지 알아? 또 처음 본 낯선 아저씨를 함부로 쫓아가면 어떡해?"

엄마는 잔뜩 화가 나셨어요. 어찌나 속상했는지 눈물까지 글썽이고 계셨지요. 화를 내시던 엄마는 잠시 후 동윤이를 꼭 안아 주셨어요.

"그래도 무사해서 정말 다행이다. 앞으로는 절대 그러면 안 돼. 알겠지?"

"네, 엄마. 걱정 끼쳐 드려서 정말 죄송해요."

동윤이는 엄마의 눈물을 보고 자신의 행동을 반성했답니다.

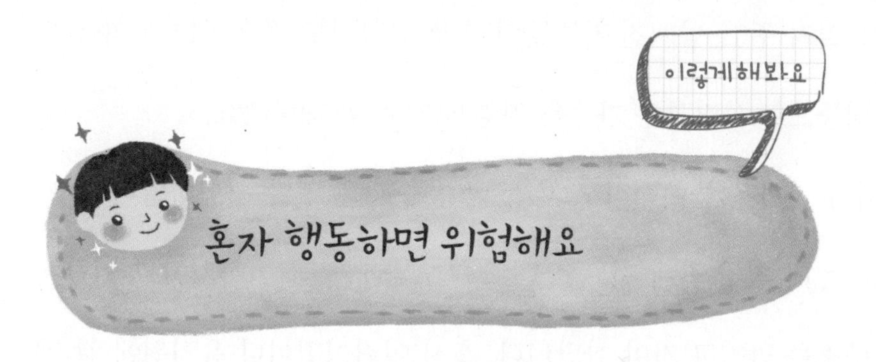

처음 보는 어른이 어린이 여러분에게 말을 걸었을 때 여러분은 어떻게 행동할 건가요? 대부분의 친구는 친절하게 대답하고 대화를 하겠죠. 그리고 그 어른을 따라갈 수도 있겠죠. 아마 낯선 사람이어도

어른이라 믿고 따라가는 친구가 많을 거예요. 특히 아직 학교를 다니지 않는 7세 이하 친구들은 '낯선 사람'에 대한 명확한 개념이 없어요. 그래서 그 나이 또래 어린이가 혼자 다니는 것은 매우 위험한 행동이에요. 아무나 따라갈 수 있기 때문이죠. 그러니 가족과 선생님 등 몇 사람 이외에는 모두 '낯선 사람'에 속한다고 분명히 정해 두면 좋아요.

동윤이에게 생긴 일처럼 여러분이 좋아하는 물건이나 귀여운 동물로 유인해 나쁜 일을 당하는 사례가 많아요. 유괴 사건을 소재로 한 〈그놈 목소리〉, 〈살인의 추억〉 같은 영화들은 유괴와 실종의 심각성을 알려 주고, 남겨진 가족들의 슬픔을 담기도 해요. 여러분의 잘못된 행동으로 사랑하는 가족을 영영 보지 못할 테니까요.

집과 가까운 놀이터라도 혼자 나가는 것은 정말 위험하답니다. 가까운 동네 친구 집에 간다고 해도 부모님에게 꼭 이야기하고 연락처와 주소를 남기고 가야 한답니다. 혹시 어린이집이나 유치원에 갈 때 부모님과 선생님이 차에서 내릴 때까지 기다려 주는 모습을 본 적이 있나요? 이맘때 친구들이 무엇을 혼자 하기에는 위험하기 때문에 그러는 거예요. 절대 혼자 행동하려고 하지 마세요.

그러면 여러분이 자주 가는 쇼핑 센터나 놀이동산에서 지켜야 할 안전 수칙에 대해 배워 볼까요?

1. 낯선 사람이 주는 상품이나 경품을 받지 않아요.

상품이나 경품으로 유인해 다른 장소로 데려가 유괴를 시도할 수도 있어요. 낯선 사람이 다가와 물건으로 유인한다면 의심을 하고 따라가지 않아야 해요.

2. 부모님을 잃어버릴 때를 대비해 안내 데스크 위치를 알아둬요.

만약의 일을 대비해서 미리 알아 두는 것은 좋은 습관이에요. 위험한 일이 생겼을 때 즉시 도움을 청할 수 있는 곳을 알아 두도록 해요.

3. 부모님을 잃어버렸을 때는 명찰을 달고 있거나 제복을 입고 있는 직원에게 도움을 요청해요.

부모님을 잃어버렸을 때 당황해서 주위 사람 아무나에게 도움을 받는 행동은 위험해요. 나쁜 사람들의 눈길을 끌 수 있기 때문이죠.

그곳에 있는 직원이나 제복을 입고 있는 사람에게 도움을 청하는 것이 현명하답니다.

4. 부모님을 잃어버렸을 때는 바깥, 특히 주차장에 가지 않아요.

주차장같이 어두컴컴한 곳은 유괴당하기 쉬운 장소예요. 어둡고 사람이 잘 다니지 않는 구석진 곳은 위험해요. 이런 곳에 어린이 혼자 가는 것은 범죄를 불러오는 행동입니다.

5. 밝은 계열의 옷을 입고, 쉽게 알아볼 수 있는 장신구를 해요.

어두운 계열보다 밝은 계열의 옷이 눈에 잘 띄겠죠? 그리고 부모님이 알아보기 쉽도록 머리띠, 모자를 착용하는 것도 좋습니다.

6. 초등학교 고학년도 화장실에 갈 때는 항상 부모님과 함께 가요.

초등학교 고학년이 부모님과 함께 화장실에 가는 것은 창피하다고 생각하는 친구도 있을 거예요. 이것은 절대 창피한 행동이 아니에요. 화장실과 같은 곳에서도 범죄가 빈번히 일어나요. 그러니 부모님이

나 여러 명의 친구와 함께 움직이는 것이 안전해요.

7. 인형 옷을 입은 사람에게 다가갈 때는 부모님과 함께 가요.

어린이 공원이나 가게 앞에서 행사를 한다고 인형 옷을 입고 있는 사람을 만나 본 적이 있을 거예요. 그중에는 나쁜 사람도 있어요. 신기하다고 좋아하는 어린이 여러분에게 최대한 가깝게 다가간 후 유괴를 시도할 수도 있으니 부모님과 함께 가는 것이 현명한 행동이랍니다.

해가 지고 있지만, 정빈이는 집에 들어가지 않고 놀이터에 남아 있어요. 집에 들어가도 정빈이를 반겨 줄 가족이 없기 때문이에요. 정빈이의 부모님은 밤늦게까지 일하다가 밤늦게 집에 오세요. 그래서 정빈이는 혼자 있는 것이 익숙했어요.

"딩동."

'정빈아, 학교는 갔다 왔니? 집으로 들어가 엄마가 차려 놓은 저녁 먹고, 숙제하고 있어. 엄마는 늦을 것 같아.'

"체!"

엄마에게서 온 문자 메시지에 정빈이는 애꿎은 모래를 발로 찼어요. 정빈이는 그네에 앉아 발을 힘껏 차 보았어요. 정빈이를 태운 그네가 높이 올라갔어요. 정빈이가 고개를 뒤로 젖히자 그네는 더 높이 올라갔어요. 어두워진 하늘을 보며 정빈이는 생각했어요.

'집에 들어가기 싫어. 다들 엄마가 데리러 오는데 왜 나만 혼자야? 혼자 저녁 먹기도 싫고, 혼자 숙제하기도 싫어.'

정빈이의 눈에는 어느새 눈물이 맺혀 있었어요.

"얘, 너 왜 혼자 있니?"

짧은 단발머리의 아줌마가 정빈이에게 아는 체를 했어요.

"누구세요?"

정빈이는 타고 있던 그네를 멈추고 아줌마를 쳐다봤어요. 흙먼지 사이로 보이는 아줌마는 처음 본 사람이었어요.

"나 기억 안 나니? 엄마 친구야."

"저희 엄마 친구요?"

"그렇단다. 아줌마가 우리 잘생긴 도련님을 오랜만에 봐서 이름이 생각이 나질 않네. 이름이 뭐였지?"

"정빈이에요, 오정빈."

"그래, 기억난다. 정빈이. 안 그래도 오늘 너희 엄마를 만나기로 했단다."

아줌마는 손뼉을 딱 마주치며 웃으며 이야기했어요.

"저희 엄마를요?"

"그래, 오랜만에 만나기로 해서 내가 너희 동네까지 온 거란다."

"엄마는 늦으신다고 문자가 왔었는데……."

정빈이는 방금 온 문자 메시지를 떠올렸어요.

"아줌마를 만나느라 늦는 거지. 정빈이도 엄마 만나러 아줌마랑 함께 갈래? 같이 엄마를 기다리자꾸나."

"아줌마랑 같이 가면 엄마가 계세요?"

"그래. 같이 저녁 식사를 하기로 했단다. 우리 정빈이 배고프지 않니? 빨리 가서 아줌마랑 엄마랑 저녁을 함께 먹자꾸나."

"엄마가 집에서 저녁 먹으라고 하셨는데……."

"엄마는 아줌마랑 둘이 먹을 생각이었나 보다. 그래도 아줌마가 이렇게 정빈이를 봤는데 어떻게 정빈이만 두고 갈 수 있겠니? 아줌마랑 함께 가자."

다정한 아줌마의 말에 정빈이는 아줌마 손을 잡고 함께 엄마를 만나러 갔어요.

"정빈아, 아줌마가 기억이 나질 않아서 그러는데 정빈이 엄마, 아빠 휴대폰 번호 좀 알 수 있을까?"

길을 걸어가면서 아줌마의 질문은 자꾸 늘어났지만, 정빈이는 엄마를 볼 생각에 신이 나서 대답해 주었어요.

"얘, 정빈이 아니니? 어디 가니?"

정빈이가 아줌마와 함께 놀이터를 나와 슈퍼마켓 앞을 지나가고 있을 때 해정이 할머니를 만났어요.

"할머니, 안녕하세요? 엄마 만나러 가고 있었어요."

"엄마를 만나러 간다고? 엄마는 회사에 계시지 않니?"

해정이 할머니는 뭔가 이상하다는 듯 정빈이 손을 잡고 있는 아줌마를 쳐다보았어요.

"엄마한테는 미리 말씀 드렸니?"

한승바둑
햇살

할머니의 질문에 정빈이는 대답을 하지 못했어요. 그러자 아줌마는 황급히 정빈이 손을 놓았어요.

"아니요. 아직 엄마는 몰라요."

"그럼 안 되지. 정빈아, 지금이라도 얼른 전화를 드려라."

"아냐, 아냐. 정빈아, 미안해서 어쩌지? 아줌마가 갑자기 급한 일이 생겨서 가 봐야 할 것 같아. 정빈아, 엄마랑은 다음에 함께 보자. 알겠지?"

엄마에게 연락하려는 정빈이를 두고 아줌마는 황급히 자리를 떠났어요.

"정빈아, 아무리 엄마 친구라고 해도 함부로 따라가면 안 된단다."

해정이 할머니 말씀에 정빈이는 의기소침해져 고개를 끄덕였어요.

"가자, 집에 데려다 줄게. 집에서 엄마를 기다리렴."

해정이 할머니 손을 잡고 집으로 돌아가는 정빈이는 자기가 무엇을 잘못했는지, 어떻게 된 상황인지 알 수 없었어요.

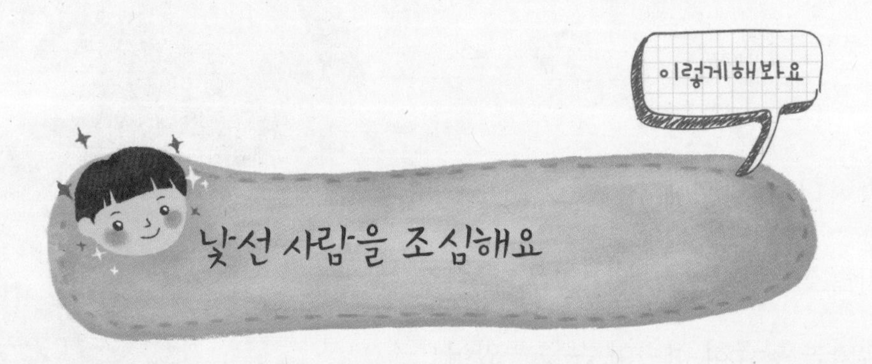

정빈이는 엄마 친구라는 말만 믿고 낯선 아주머니를 따라나섰다가

큰일 날 뻔했어요. 그러면 이런 일을 겪지 않으려면 낯선 사람만 조심하면 될까요? 그렇지 않아요. 때로는 얼굴을 아는 주위 사람이 무서운 범죄를 저지르기도 해요.

성폭행 같은 무서운 범죄는 모르는 사람이 저지른다고 생각하기 쉬워요. 하지만 여성가족부가 발표한 '성범죄 동향 분석 결과'를 보면 아동 · 청소년 성폭력 피해자의 51.7퍼센트가 가족이나 친척 등 친족이나 이웃 같은 '가까운 사람'에게 피해를 당했어요. 공식 통계가 이 정도이지 실제 성폭력 상담소에서 낸 자료를 보면 60~80퍼센트가 가까운 지인에게 당한 성폭력 범죄죠.

이런 의미에서 봤을 때 흔히 "나쁜 사람, 모르는 사람을 따라가면 안 된다."는 말은 잘못된 것인지 몰라요. 어른도 처음 보는 사람이 좋은지 나쁜지 구별하기 어렵기 때문이죠. 또 어린이들은 외모로 사람을 판단하는 경향이 크기 때문에, 조금 잘생기거나 예쁜 사람은 좋은 사람으로 여겨요.

한 방송 프로그램에서 이러한 내용으로 실험을 했어요. 유치원생과 초등학생을 대상으로 '낯선 사람'의 얼굴을 그려 보라고 했지요.

대다수가 얼굴에 상처가 있거나 모자를 눌러쓰고 흉기를 든 사람을 그렸어요. 하지만 살인범, 아동 성폭행범의 얼굴을 보면 전혀 그렇지 않아요. 얼굴에 나쁜 사람이라고 써 놓고 다니지도 않지요. 연쇄 살인범 강호순이나 신창원도 험악한 인상은 아니었어요.

어린이들은 자신과 10분만 어울리며 잘해 주면, 모르던 사람조차도 아는 사람이라고 생각한다는 아동 심리 연구가의 연구 결과도 있어요. 전문가들은 "아동을 대상으로 범죄를 저지르는 사람을 '나쁜 사람', '모르는 사람'으로만 좁혀서 생각하는 순간 이미 위험에 노출되는 것이나 다름없다."고 경고했어요.

또 동정심을 일으키는 방법으로 아이를 유괴하고 성폭력을 가하는 경우도 많아요. 예를 들어 길을 묻거나, 물건을 들어 달라고 하는 방법이죠. 대부분의 친구는 이러한 부탁을 잘 거절하지 못해요.

아동 심리 전문가들은 그 이유를 '착한 아이 콤플렉스' 때문이라고 이야기해요. 어렸을 때부터 가정과 학교에서 어른의 말을 잘 듣고 예의 바르게 행동해야 하고, 어려운 사람과 곤경에 빠진 사람을 도와주는 착한 사람이 되어야 한다고 배웠기 때문에 그렇게 행동한다는 거죠.

그러면 낯선 사람이 말을 걸 때는 어떻게 행동하면 좋을까요?

1. 낯선 사람이 말을 걸면 모른 척하고 지나가요.

낯선 사람이 말을 걸었을 때 대답을 안 하는 것은 예의에 어긋나는 행동이 아닙니다. 낯선 사람이 말을 걸어올 때는 먼저 주의하는 게 좋아요.

2. 도움을 요청하면 다른 어른에게 부탁하라고 말하면서 정중히 거절해요.

짐을 들어 달라거나 몸을 부축해 달라고 하는 어른이 있습니다. 보통 어른들은 체구가 작은 어린이에게 이런 부탁을 하지 않아요. 그러니 주변의 어른에게 부탁하는 것이 좋아요.

3. 이름과 주소, 전화번호 등의 정보를 절대 말하지 않아요.

낯선 사람이 갑자기 전화번호나 주소를 묻는 경우가 있습니다. 학습지나 어린이들이 좋아하는 물건을 보내 준다거나 하며 묻는 경우죠.

누군가 묻는다면 그 자리를 바로 피하거나 대답하지 않아야 합니다.

4. 부모님 이름과 회사 이름, 전화번호 등 부모님에 관한 정보를 말하지 않아요.

낯선 어른이 어린이에게 부모님의 정보를 묻는 경우는 아주 드뭅니다. 그러니 부모님의 정보를 절대 이야기해서는 안 됩니다. 정보를 말하면 범죄에 이용할 수 있기 때문이죠. 부모님에게 친구들을 데리고 있다고 협박을 할 수 있기에 항상 조심해야 합니다.

5. 길거리에서 어디를 가는지, 왜 가는지 묻는 경우 말하지 않아요.

어린이 여러분의 목적지를 파악한 후에 혼자 있는 경우를 노려 범죄를 저지를 수도 있으니 물어도 대답하지 않는 것이 좋아요.

"아이, 배고파. 엄마 어디 계세요? 저 밥 주세요."

일요일 아침, 늦잠을 자고 일어난 혜민이가 엄마를 찾았어요. 혜민이가 몇 번이고 엄마를 불렀지만 아무 대답이 없었어요.

"어디 가셨지? 아, 맞다. 오늘 산에 가기로 했지."

오늘은 가족이 모두 등산을 가기로 한 날이에요. 그런데 까맣게 잊고 있던 학원 체험 학습 때문에 혜민이만 등산을 가지 못하게 되었어요. 아침 일찍 등산 갈 준비를 다 마친 부모님께서 혜민이를 깨우고 인사를 하려고 했는데 혜민이가 일어나지 않자 그냥 가셨나 봐요.

"나만 집에 남겨 두다니. 너무해. 아니야, 차라리 잘됐다. 이따 체험 학습 갈 때까지 나 혼자 집에서 텔레비전이나 실컷 봐야지."

혜민이는 항상 텔레비전과 컴퓨터를 두고 오빠와 싸웠어요. 오빠가 집에 없으니 모든 물건이 혜민이 것만 같았어요. 또 엄마와 아빠로부터 해방된 것 같아 자유롭다고 느꼈지요. 배가 고픈 혜민이는 주방을 둘러봤어요. 냉장고 안에는 혜민이와 오빠의 간식으로 엄마가 준비해 둔 케이크가 있었어요.

"우아, 케이크다! 오빠가 없으니까 내가 다 먹어야지."

혜민이는 케이크 두 조각을 순식간에 다 먹었어요. 케이크를 다 먹은 혜민이는 평소 엄마께서 보지 못하게 하던 만화책을 잔뜩 쌓아 놓고 읽기 시작했어요. 시간이 얼마쯤 흘렀을까, 만화책을 보던 혜민이는 깜박 잠이 들었지요.

"집에 계신가요?"

누군가 문을 두드리는 소리에 혜민이는 잠에서 깼어요.

"누구지? 누구세요?"

“네, 우유 아줌마입니다. 잠깐 시간 좀 내주세요.”

“집에 엄마 안 계세요. 다음에 오세요.”

혜민이는 현관문 앞에 서서 큰 소리로 대답했어요.

“그렇구나. 집에 어른은 아무도 안 계시니?”

“네, 부모님 모두 외출하셨어요. 내일 다시 오시면 엄마가 계실 거예요.”

“오늘 꼭 엄마를 뵙고 가지 않아도 괜찮단다. 여기 305호가 우수 고객으로 선정되어 우유를 선물하러 온 거야. 잠깐 문 좀 열어 줄래?”

우유 아줌마는 상냥한 목소리로 말했어요.

“저희는 우유를 먹지 않는걸요. 우수 고객이 아니에요.”

“아마 어머니께서 이벤트에 응모하셨나 봐. 그러니 당첨 선물만 받으면 된단다. 잠깐 문 좀 열어 주렴.”

혜민이는 고민이 됐어요. 엄마께서 낯선 사람에게는 절대로 문을 열어 주지 말라고 하셨거든요. 그런데 선물을 준다는 말에 혜민이는 문을 열어야 할지, 말아야 할지 고민이 됐어요.

“아이참, 어떡하지?”

문밖에서는 계속해서 우유 아줌마가 문을 열어 달라고 하고, 혜민이는 망설이고만 있었어요.

"학생, 문 좀 열어 봐. 잠깐이면 된다니까?"

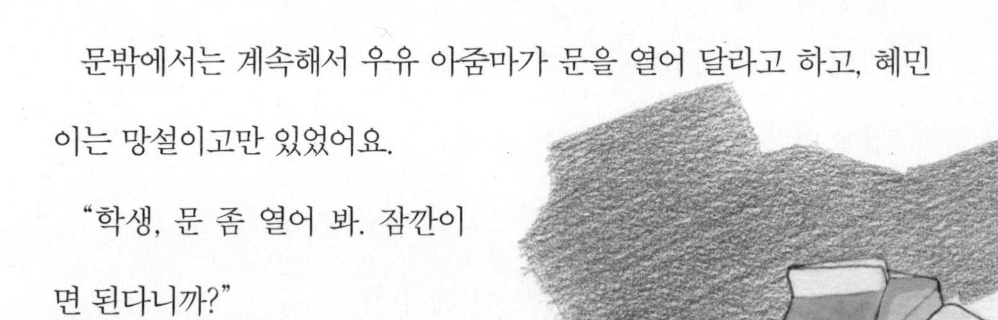

혜민이가 고민하고 있는 동안에도 문 두드리는 소리가 계속해서 들렸어요.

"엄마가 아무에게나 문을 열어 주지 말라고 하셔서 문을 열 수가 없어요. 죄송해요. 그냥 문밖에 두고 가시면 부모님이 들어오시면서 가지고 오실 거예요."

"이건 우유라 밖에 둘 수가 없어서 그렇단다. 날이 더운데 우유가 상할 수도 있지 않니? 아줌마가 이걸 전달해야만 집에 갈 수 있어서 그래. 아주 잠깐이면 되는데 문 좀 열어 주렴."

아줌마의 말에 혜민이는 문을 열어야 할지, 말아야 할지 고민했어요. 또 계속해서 아줌마가 문을 두드리는 바람에 혜민이의 심장은 쿵쾅쿵쾅 뛰었지요.

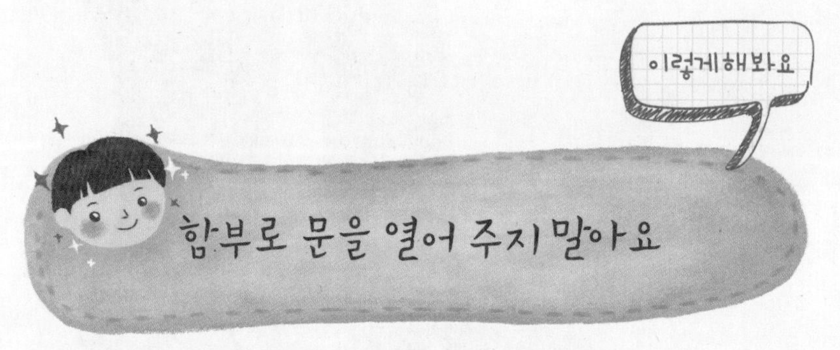

여러분은 집에 혼자 있을 때 무엇을 하나요? 부모님이 안 계시다고 TV를 보거나 컴퓨터 게임을 하는 친구가 대부분일 거예요. 부모님이 안 계실 때는 내가 할 수 있는 것이 많아지기 때문이죠.

신이 나서 이것저것 하다가 누군가 초인종을 누른다면 여러분은 어떻게 하나요? 바로 뛰어가 인터폰을 확인할 거예요. 낯선 사람의 모습이 보이면 누구나 궁금해하죠. '왜 초인종을 눌렀을까?', '문을 열어 주어야 하는 건 아닐까?' 걱정하죠. 나쁜 사람들은 이런 심리를 이용해 택배 아저씨나 우유 아주머니로 위장해서 문을 열어 달라고 요구하기도 하죠.

그러니 절대 문을 열어 주지 않는 것이 좋아요. 특히 혼자 있는 어린이들은 어른이 힘을 쓰면 당해 낼 수 없기 때문에 위험합니다.

어린이 여러분이 집에 혼자 있을 때는 어떻게 행동하면 좋을까요?

1. 모르는 사람에게는 절대 문을 열어 주지 않아요.

2. 집에 들어갈 때는 반드시 주위를 둘러보고 수상한 사람은 없는지 확인한 뒤 문을 열어요.

3. 집안에 누가 있는 것처럼 "다녀왔습니다!"라고 큰 소리로 인사하면서 들어가요.

4. 혼자 있을 때는 집에 어른이 없다는 것이 알려지지 않도록 전화를 되도록 받지 않아요. 자동 응답 전화기가 있는 경우, 상대방의 목소리를 확인한 뒤 전화를 받도록 해요.

5. 혼자있을 때 전화를 받은 경우, 낯선 사람에게 혼자 집에 있다는 것을 드러내지 말아야 해요. 그리고 이름이나 주소를 절대로 말하지 않아요. 낯선 사람이 부모님을 바꿔 달라고 하면, 지금 전화를 받으실 수 없다고 말한 뒤 상대방의 이름과 전화번호를 물어요. 만약 상대방이 이름을 말하지 않는다면 그냥 전화를 끊어요.

혼자 집에 들어가는 친구들도 표적이 될 수 있어요. 어린이들이 열쇠나 비밀번호를 누르고 혼자 집에 들어가는 경우가 있어요. 비밀번호를 누르고 들어갈 때는 다른 사람이 번호를 볼 수 없게 가리고 버튼을 누르는 것이 좋아요. 또 문을 열고 들어갈 때는 다른 사람이 그 모습을 보지 않도록 조심하도록 해요.

혹시 혼자 들어가는 모습을 들켰을 경우라도 집 안에 부모님이 계신 것처럼 "학교 다녀왔습니다."라고 큰 소리로 말하고 들어가는 것이 좋아요.

또 열쇠를 목걸이로 걸고 다니는 친구가 있는데, 이런 모습은 혼자 집을 지키는 아이라고 알리는 셈이에요. 열쇠는 반드시 가방 안에 잘 넣도록 하세요.

집에 혼자 있을 때는 초인종이 울려도 절대 문을 열어 주지 않는 것이 좋아요. 밖에서 묻는 말에 대답도 하지 말아야 해요. 택배나 집배원 아저씨도 마찬가지죠. 물건을 배달하는 척하면서 속이는 사람도 많기 때문이에요.

범죄를 저지르기 위해 현관 자물쇠를 열고 들어오는 건 쉬운 일일 수 있어요. 그러니 집에 있을 때는 현관문을 다 잠그고 마지막으로 체인도 똑바로 걸도록 해요.

민수랑 승표는 골목대장이에요. 씩씩한 민수와 승표가 함께 있으면 세상에 두려울 것이 없죠. 오늘도 민수와 승표는 학교를 마치자마자 책가방을 집에다 던져둔 채 서로 만나, 놀 궁리를 했어요.

"오늘은 뭐 하고 놀지?"

야구 모자를 쓴 민수가 승표에게 물었어요.

"글쎄, 이제 공놀이는 지겨운데. 오늘은 오락실에 갈까?"

"안 돼, 돈이 하나도 없는걸. 아까 네가 덥다고 해서 아이스크림을 사 먹었잖아. 그래서 돈을 다 썼어."

"그래? 이럴 줄 알았으면 아이스크림을 사 먹지 말걸. 오늘은 진짜 할 게 없네. 뭐 하지?"

"우리 꼬맹이들 괴롭혀 줄까?"

민수는 나무 벤치에서 놀고 있는 유치원생들을 보았어요.

"꼬맹이들을?"

"그래, 저기 골목 끝에 빈집이 하나 있잖아. 꼬맹이들을 거기로 데려가서 겁 좀 주자."

"거기 귀신 나온다는 소문이 있던데? 그리고 엄마가 거기 근처에는 얼씬도 하지 말라고 했어. 위험한 사람들도 많이 있다고."

"에이, 겁쟁이! 뭐가 무섭다는 거야? 지금은 이렇게 환한 대낮이라고. 저기 해를 봐."

민수는 손가락을 들어 태양을 가리켰어요.

"그래도 무서운데……."

승표는 빈집을 떠올리자 으스스한 느낌이 들었어요.

"우리 둘이 함께라면 무섭지 않아. 꼬맹이들을 데리고 앞장서서 걷

으아~...

다가 꼬맹이들만 남겨 두고 우리는 몰래 빠져나오자. 어때? 재미있겠지?"

"그럴까? 그럼 우린 들어가지 않고 몰래 빠져나온다는 거지?"

"그래그래, 걱정하지 마. 가서 꼬맹이들이나 꾀어 보자."

"알았어."

민수와 승표는 아이들에게 다가가 말을 걸었어요.

"얘들아, 너네 뭐 해?"

"우리는 개미를 보고 있었는데?"

아이들은 떨어진 사탕 주위로 몰려든 개미들을 유심히 쳐다보고 있었어요.

"오빠, 이거 봐. 여기 이렇게 개미가 많다. 개미들이 부지런히 움직이고 있어."

"아이참, 너는 개미 보는 게 재밌어? 그러지 말고 오빠가 재밌는 데 데려갈 테니 함께 가지 않을래?"

"재밌는 데? 어딘데?"

"여기서 멀지 않아. 저기 골목 끝에 커다란 집에 가자."

"골목 끝 커다란 집? 거기 가면 뭐가 있는데?"

"보물이 한가득이래. 같이 가서 보물을 가지고 오자."

"뭐? 보물!"

아이들 눈이 동그래졌어요. 아이들은 민수와 승표를 쫓아 빈집으로 함께 갔어요. 빈집 앞에 도착했을 때 아이들은 무너질 것 같은 집 모습에 잔뜩 겁을 먹었어요.

"형, 여기가 보물이 있는 곳이라고? 여기는 귀신이 나오는 흉가잖아. 엄마가 이 근처에는 얼씬도 하지 말라고 하셨어. 나는 무서워서 안 갈래."

"나도 안 갈래."

아이들은 모두 무섭다며 도망쳤어요.

"야, 너희 어디 가! 같이 보물을 찾으러 가기로 했잖아. 아이참."

민수는 도망가는 아이들을 향해 크게 소리쳤지만, 아이들은 돌아오지 않았어요.

"이 집에 이렇게 가까이 와 본 적은 처음이야. 진짜 무섭다. 정말 귀신이 나올 것 같아. 낮인데도 아주 깜깜하잖아."

"승표 너까지 그럴 거야? 그냥 집인데 뭐가 무섭다고 그래. 또 우리는 둘이잖아. 귀신 따위 우리가 다 이길 수 있어. 여기까지 온 김에 한 번 들어가 보자."

"여길 들어가 보자고?"

"그래, 걱정 말고 나만 따라와."

민수는 승표의 손을 잡고 빈집으로 들어갔어요. 집 안에는 먼지와 거미줄이 가득했어요. 중간쯤 왔을 때 구석에서 반짝이는 불빛과 함께 웃음소리가 들렸어요.

"도깨비불이다!"

민수와 승표는 겁이 나 밖으로 뛰쳐나왔어요.

밖으로 나온 민수와 승표는 거칠게 숨을 쉬었어요.

"아까 그게 뭐지? 정말 도깨비불인가? 어라, 내 모자가 어디 갔지?"

빈집에서 급하게 뛰어나오는 바람에 야구 모자를 떨어뜨렸는지 민수의 모자가 보이지 않았어요.

"어떡하지? 엄마가 생일 선물로 사 주신 건데. 승표야, 다시 들어가서 야구 모자 좀 가지고 나오자."

"싫어, 나는 못 들어가. 정말 무섭단 말이야."

승표는 바들바들 떨며 말했어요.

"그래도 엄마가 주신 선물이라 잃어버리면 안 된단 말이야. 그럼 나 혼자 가지고 나올 테니까 어디 가지 말고 기다리고 있어. 꼭이다, 꼭!"

민수는 승표를 두고 다시 빈집에 들어갔어요. 민수가 야구 모자를 찾고 있을 때 빨간 불빛이 민수에게 다가왔어요.

"뭐야! 도깨비냐?"

민수는 씩씩하게 소리쳤어요.

"나 도깨비 아냐. 사람이지, 흐흐흐."

굵은 남자 목소리가 들렸어요. 그러나 목소리의 주인공은 보이지 않았어요. 민수가 재빨리 모자를 집어 들고 나오려고 하자 누군가 등 뒤에서 민수를 잡았어요.

"이거 놔! 이거 놓으란 말이야."

민수가 발버둥쳤지만 남자의 손에서 벗어날 수 없었어요. 밖에서 기다리던 승표는 한참 동안 민수가 돌아오지 않자 집으로 달려가 엄마에게 민수가 사라졌다고 말했어요. 잠시 후 민수 엄마와 함께 빈

집에 와서 민수를 찾았지만, 어디에도 민수 모습은 보이지 않았어요.

대신 민수의 야구 모자만 빈집 바닥에 덩그러니 놓여 있었어요.

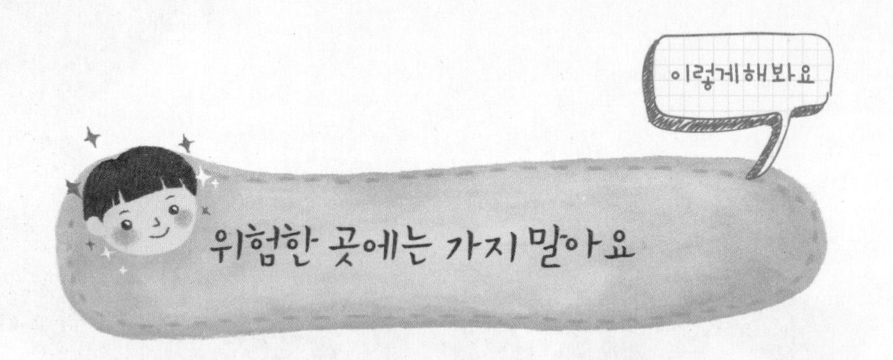

어린이 여러분, 어느 곳이 위험한 장소일까요? 먼저 많은 사람으로 붐비는 곳이 위험해요. 공원이나 백화점, 주차장 등이 이런 장소예요. 반대로, 사람 눈에 잘 띄지 않는 곳도 위험합니다. 빈집이나 공사장, 건물 뒤편 등이 대표적입니다. 그런데 어른들이 말하는 위험한 곳이 어린이들에게는 잘 이해가 안 될 수도 있어요. 특히 사람이 많고 공간이 넓은 음식점이나 백화점이 왜 위험한지 궁금할 거예요. 하지만 이런 곳에는 의외로 외진 구석이 많아요.

그리고 찜질방에서도 혼자 화장실에 가거나 누워서 자는 행동은 위험합니다. 또 공중화장실에 갈 때는 절대 혼자 가서는 안 돼요. 화장실처럼 사람들 눈에 잘 띄지 않는 곳은 범행이 일어나기 좋은 장소이기 때문이에요. 다음과 같은 곳을 이용할 때는 특히 안전에 주의해야 해요.

학교를 오고 갈 때는 이렇게 행동해요

1. 자동차가 다가오는 것이 잘 보이도록 차가 달리는 방향과 반대로 걷고, 인도 안쪽으로 걷는 습관을 길러요.
2. 인적이 드문 길로 다니지 않아요.
3. 집과 멀리 떨어진 곳에서 혼자 걸어 다니거나 놀지 않아요.
4. 낯선 사람이 따라오면 반대 방향으로 돌아서 뛰어갑니다. 그리고 아동안전지킴이집이나 슈퍼마켓, 문방구 등으로 들어가 도움을 구해요.

놀이터나 공원에서는 이렇게 행동해요

1. 모르는 사람을 절대 따라가지 않아요.
2. 부모님이 항상 지켜볼 수 있는 곳에서 놀아요.
3. 혼자서 놀지 않고 친구 여러 명과 함께 놀아요.
4. 낯선 사람이 유인할 때는 큰 소리로 "안 돼요! 싫어요! 도와주세요!"라고 외쳐요.

5. 부모님과 귀가 시간을 정해 놓고 반드시 약속한 시간을 지켜요.

엘리베이터에서는 이렇게 행동해요

1. 엘리베이터를 기다릴 때는 엘리베이터 문 반대 방향으로 등을 대고 서서 누군가 다가오는지 살펴야 해요.
2. 엘리베이터에 탈 때는 층을 누르는 숫자판 옆에 서요.
3. 같이 탄 사람이 이상하게 느껴지면 층수를 확인한 뒤 바로 다음 층 버튼을 누르고 그 층에서 내립니다. 이것이 쉽지 않으면 당장 비상 단추를 누릅니다.

오늘 남훈이는 기분이 매우 좋아요. 체육 시간, 옆 반과의 축구 경기에서 두 골이나 넣어 승리를 거뒀지요. 남훈이는 이번 경기에서 오늘의 MVP로 선정되어 선생님께 칭찬도 잔뜩 받았어요. 열심히 운동장을 달린 남훈이 이마에 아직도 땀이 송골송골 맺혔지만, 집으로 돌아가는 발걸음이 가벼웠어요.

'빵빵!'

"여기 중앙 도서관이 어디에 있니?"

남훈이 옆으로 다가온 검은 차 속 아저씨가 길을 물어봤어요. 중앙 도서관은 주말마다 엄마와 함께 책을 보러 가는 곳이라 남훈이는 길을 아주 잘 알았어요. 남훈이는 아저씨께 친절하게 길을 안내했지요.

"이 큰길을 따라가다가 건널목에서 오른쪽으로 돌면 금방이에요. 제일 큰 건물에 중앙 도서관이라고 쓰여 있어 찾기 쉬우실 거예요."

"그래? 정말 착한 학생이구나. 그런데 아저씨가 처음 가는 거라 설명만으로는 어려운걸. 혹시 중앙 도서관이랑 너희 집이 머니?"

"아니에요. 중앙 도서관에서 조금 더 가면 우리 집이에요."

"잘됐구나. 그럼 중앙 도서관까지만 함께 차를 타고 갈래? 중앙 도서관까지 가는 길을 옆에서 안내해 주렴. 너도 걸어가는 것보다는 차를 타고 가는 편이 더 좋지 않겠니?"

사실 남훈이는 무척 피곤했어요. 오랫동안 축구를 했으니까요. 빨리 집으로 돌아가 쉬고 싶은 마음이 가득했는데 차를 타고 가면 평소보다 훨씬 더 빨리 갈 수 있을 것 같았어요. 축구공을 땅에 몇 번 튕기며 고민을 하던 남훈이는 자동차에 타기로 마음먹었어요.

"네! 제가 알려 드릴게요."

"그래, 정말 고맙다."

남훈이는 아저씨에게 요리조리 길 안내를 시작했어요. 늘 다니는 길이었기에 자신 있었지요.

"아저씨, 저기 보이는 회색 건물이 중앙 도서관이에요. 저는 여기에 내려 주세요. 길 건너 아파트가 우리 집이에요."

"그럼, 길 가르쳐 준 보답으로 내가 집까지 데려다 주도록 하마."

"괜찮은데……."

남훈이는 집까지 자동차를 타고 올 수 있어 운이 아주 좋다고 생각했어요. 또 어려운 사람을 도와준 자신의 모습이 멋져 보였지요.

"아저씨, 여기서 내려 주면 돼요. 저기가 우리 집이에요."

그러나 아저씨는 남훈이 말을 들은 체도 하지 않았어요. 자동차는 이미 남훈이의 집을 지나 계속해서 달려갔어요.

"아저씨, 집을 지나쳤어요! 어디 가는 거예요? 빨리 내려 주세요."

"조용히 해. 잠자코 있어. 말을 듣지 않으면 혼날 줄 알아라."

갑자기 달라진 아저씨 말투에 남훈이의 등골이 오싹했어요. 자동차는 점점 집에서 멀어지고 있었지요. 창밖에는 낯선 거리가 보였어요.

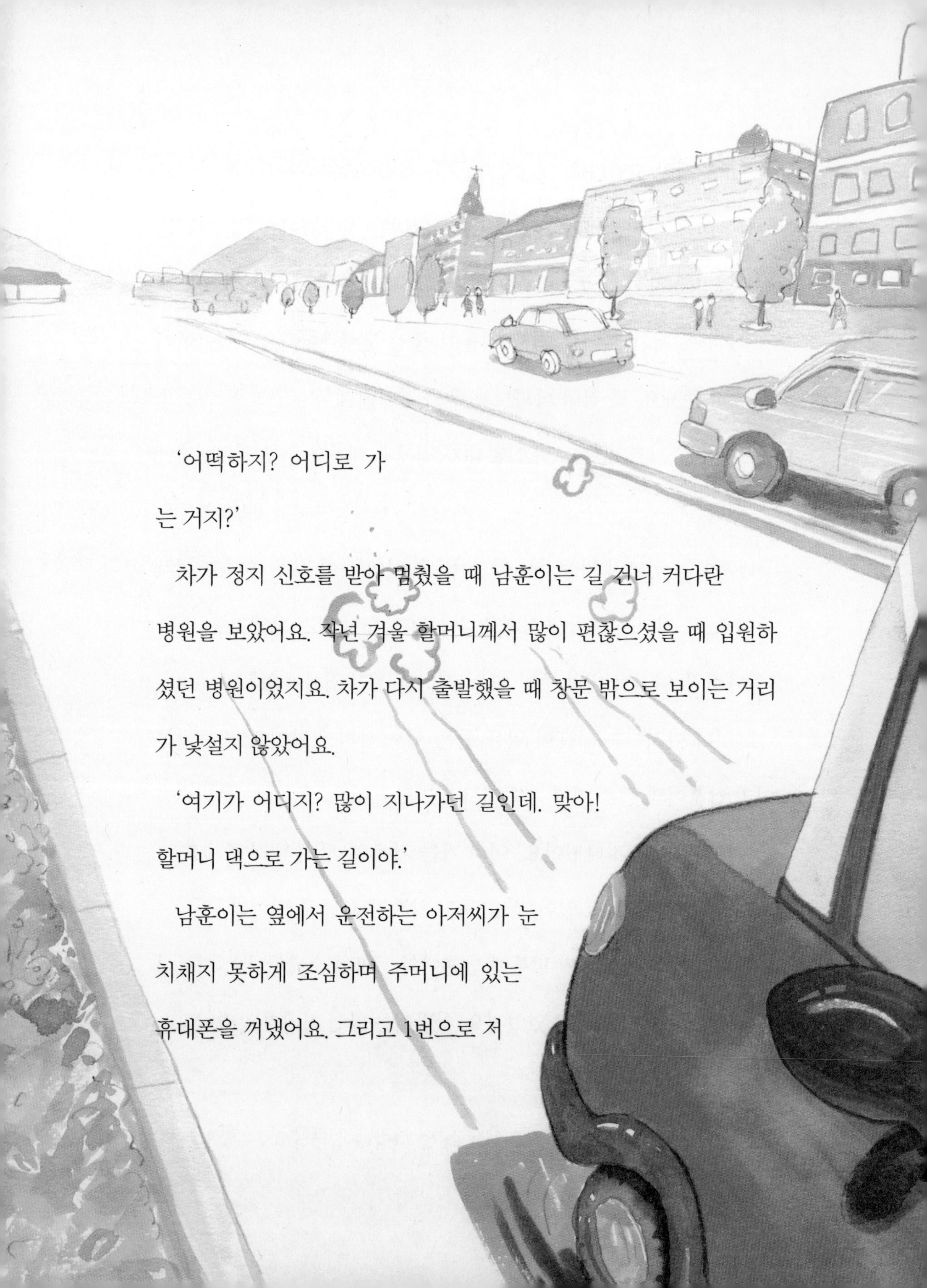

'어떡하지? 어디로 가
는 거지?'

차가 정지 신호를 받아 멈췄을 때 남훈이는 길 건너 커다란 병원을 보았어요. 작년 겨울 할머니께서 많이 편찮으셨을 때 입원하셨던 병원이었지요. 차가 다시 출발했을 때 창문 밖으로 보이는 거리가 낯설지 않았어요.

'여기가 어디지? 많이 지나가던 길인데. 맞아!
할머니 댁으로 가는 길이야.'

남훈이는 옆에서 운전하는 아저씨가 눈
치채지 못하게 조심하며 주머니에 있는
휴대폰을 꺼냈어요. 그리고 1번으로 저

영인 학원
한국 전자

장된 엄마에게 문자 메시지를 보냈어요. 아저씨에게 들키지 않으려고 아주 천천히 보냈지요.

'엄마, 저 낯선 아저씨 차를 타고 가요. 아저씨가 내려 주지 않아요. 여기는 성모 병원을 지나서 할머니 댁으로 가는 큰길이에요.'

문자 메시지를 다 보낸 남훈이는 다시 엄마에게 자신의 위치를 알려 줄 수 있도록 차가 어디로 향하는지 유심히 창밖을 쳐다보았어요.

얼마 지나지 않아 경찰 순찰차가 사이렌 소리를 울리며 남훈이가 탄 차 앞으로 와서 막아섰어요. 경찰 아저씨의 도움으로 남훈이는 위험한 곳을 벗어나 무사히 집으로 돌아갈 수 있었어요.

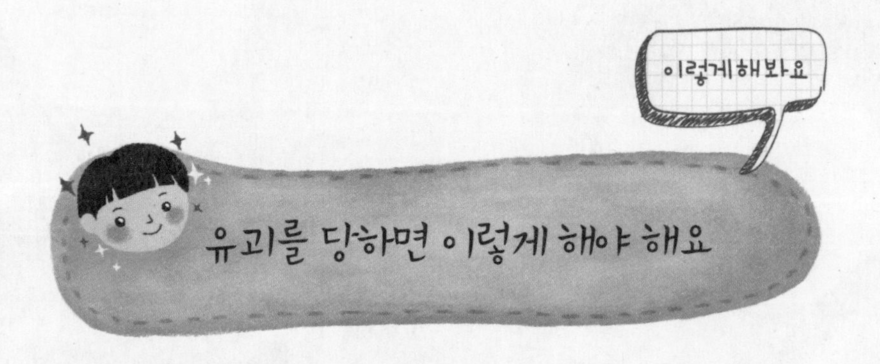

절대로 유괴를 당해서는 안 되겠지만, 만약 그런 일이 생긴다면 처음에 어떻게 행동하느냐가 매우 중요해요.

만약 나쁜 사람이 억지로 나를 끌고 가려고 한다면 어떻게 해야 할까요? 나쁜 어른이 뒤에서 나의 몸을 잡았다면 일단 크게 소리치세요. 상대방이 내 팔을 잡았을 때는 두 팔을 동시에 힘껏 뿌리치면서 벗어나야 해요. 또 상대방이 등 뒤에서 입을 틀어막을 경우도 있어요. 이럴 때는 우선 입에서 손을 떼어 내야 해요. 그러나 아이들은 어른의 손을 떼어 내기 쉽지 않아요. 하지만 어른의 새끼손가락을 잡아서 먼저 떼면 어린이들의 힘으로도 쉽게 손을 떼어 낼 수 있어요. 그리고 갑자기 몸을 잡혔을 때를 대비해서 몸을 비틀거나 발을 버둥거릴 수 있도록 미리 연습해 두면 좋아요.

유괴를 당했다면 어떻게 행동하는 것이 좋을까요?

1. 격리된 공간에 유괴범과 단둘이 있을 때는 울음을 참고 고분고분 유괴범의 말을 잘 듣는 것이 좋아요.
2. 고개를 숙이고, 유괴범의 얼굴을 가급적 보지 않는 것이 좋아요.
3. 오랜 시간 동안 밥을 먹을 수 없을지도 몰라요. 만약 밥을 먹게

되었는데 유괴범과 함께 먹는 음식이라면 빠뜨리지 말고 챙겨 먹어요. 하지만 유괴범이 자신은 먹지 않고 나에게만 음식을 준다면 거기에는 약이 들어 있어 위험할 수 있으니 조심해야 해요.

4. 묻는 말에 대답을 잘하고 대화에 적극적으로 응해요. 유괴를 당했을 때는 어떤 상황에서도 침착하게 행동해야 해요. 유괴범에게 감정적으로 행동한다면 상대가 더 화를 내며 위험한 상황을 만들지도 모르니까요. 늘 조심하며 신중하게 행동하는 연습을 해 보세요.

무서운 일을 당하면 어디에 도움을 요청할까요?

1. 곧바로 근처에 있는 가게나 집으로 숨어요. 주변의 문구점이나 분식집같이 몸을 피할 수 있을 만한 가게나 집을 미리 파악해 두면 좋아요.
2. 경찰서나 지구대로 도망을 가요. 집 근처 경찰서나 지구대의 위치를 파악해 놓는 것도 필요해요.

3. 공중전화로 112에 신고해요. 돈이나 공중전화 카드가 없어도 112에 신고할 수 있어요. 공중전화의 비상용 빨간 단추를 누르고 112를 누르면 연결이 된답니다.
4. 스마트폰을 사용해 신고해요. 공중전화까지 가지 않고도 112에 신고할 수 있는 어플이 있답니다. 호신용 어플을 미리 깔아 두었다가 나중에 버튼을 누르면 바로 112에 신고가 되어요. 그리고 신고한 어린이가 있는 곳에서 가장 가까운 112에 자동으로 연락해 위치를 경찰 아저씨에게 전달해 줍니다.
5. 열쇠고리나 가방 액세서리로 호루라기를 가지고 다녀요. 위급한 일이 벌어졌을 때 도움을 요청하는 도구로 사용할 수 있답니다.

부록

엄마 아빠가 읽어요

경북대학교병원 소아청소년정신건강의학과 전문의
정운선 교수님의 유괴를 예방하는 자녀 교육법

1

• 아동 실종 예방 수첩을 만들어 주세요

5월 25일은 실종 아동의 날입니다. 실종 발생 건수는 2006년 1만 3,936건에서 2012년 1만 7,528건으로 지속적으로 증가하고 있습니다. 다만 조기 발견 체계를 구축하기 위한 노력 등으로 미발견율은 높아지지 않았습니다. 그러나 장기적 실종 아동 발생은 지난 2007~2009년 0.01퍼센트에서 0.1퍼센트씩 증가세를 보이고 있습니다. 여러 노력에도 여전히 실종 사건은 발생하고 있습니다. 2012년 집계에서 실종된 아동과 장애인이 1만 8,000여 명인데 무려 30분마다 1명씩 실종된 셈입니다. 대부분은 가족의 품으로 돌아왔지만, 170여 명은 아직 생사조차 확인되지 않고 있습니다.

내가 사랑하는 자녀가 하루아침에 사라졌다고 생각해 보세요. 생각만 해도 끔찍한 일이죠. 아이를 잃어버렸는데 어떻게 해야 하는지도 모르겠고 당황스럽기만 할 거예요. 아이가 실종되는 일이 없어야 하겠지만 만약을 위해 예방 차원으로 초록우산 어린이재단에서 권하는 아동 실종 예방 수첩을 만들어 보세요.

아동 실종 예방 수첩이란 우리 아이가 어느 날 갑자기 없어졌을 때를 대비해 다양한 정보를 기록해 두는 수첩입니다. 아이가 없어지면 무작정 112에 전화하거나 경찰서로 뛰어가기 쉽죠. 그러나 막상 경찰과 대화할 때 당황해서 아이의 정보를 자세히 말하기 어렵습니다. 아동 실종 예방 수첩은 그럴 때를 대비해서 내 아이의 정보를 담아 둔 기록물이라고 생각하면 됩니다. 평소 아동의 신상 정보를 꼼꼼히 기록해서 안전한 곳에 보관해 두세요. 아이가 없어졌을 때 이 수첩은 중요한 단서로 사용될 수 있습니다.

아동 실종 예방 수첩에는 어떤 내용을 기입하면 될까요? 먼저 앞장에는 우리 아이의 최근 사진을 부착하는 게 좋습니다. 그다음 장에는 아이의 이름과 나이 등 신상 정보를 적습니다. 신상 정보를 다 적었다면 아이의 신체 조건을 기입합니다. 이외에도 가족 연락처나 비상 연락처를 적는데, 비상 연락처에는 자녀와 친한 친구들 연락처를 적습니다. 또한 자녀가 잘 다니는 곳을 정확히 파악해서 적어 두면 좋습니다. 자주 가는 떡볶이집, 친한 친구네 집을 알아 둡니다. 지문이나 신체적인 특이 사항은 중요한 단서가 될 수 있으니 꼭 기입하도록 합니다.

가장 유용한 것은 DNA 견본입니다. 경찰청 실종 아동 찾기 센터에서는 유전자를 이용해서 실종 아동을 찾아 주고 있습니다. 유전자를 활용한 실종 아동 찾기란 각종 사회 복지 시설에서 성장하고 있는 무연고 아동이나 지적 장애인 또는 외국 입양인 등의 유전자 정보와 자녀를 찾고자 하는 부모의 유전자를 대조해서 잃어버린 실종 아동을 찾아 주는 시스템입니다.

실제로 경찰은 전국 보호 시설 수용자 9,300여 명과 신원 불상 변사자 153명의 유전자를 데이터베이스로 구축해 총 16명의 실종 아동을 찾아 주었다고 합니다. 유전자를 활용해서 잃어버린 실종 아동을 찾으려는 사람은 가까운 경찰서의 여성 청소년계를 방문하면, 채취용 키트를 통해 구강 내 세포를 간편하고 신속하게 채취할 수 있습니다. 채취한 시료는 보건복지부 산하 실종 아동 전문 기관으로 송부되어 신상 정보를 분리, 보관합니다. 시료만 코드화하여 국립과학수사연구원으로 보내기 때문에 신상 자료가 공개되지는 않습니다. 가족을 찾거나 본인이 원하는 경우에는 언제든지 폐기할 수 있으니 안심하고 이용할 수 있습니다.

2

• 유괴 예방법을 알려 주세요

아이에게 집 앞이라고 안심할 수 없고, 아는 사람이라고 방심할 수 없음을 알려 주어야 합니다. 무엇보다 평소 경각심을 갖고 행동하는 것이 중요합니다. 아는 사람도 함부로 따라가지 않도록 아이를 지도해야 합니다. 이렇게 평상시에 아이에게 유괴를 예방할 수 있는 방법을 알려 주세요.

★ 모르는 사람이 주는 것은 받지 않도록 알려 주세요

모르는 사람이 돈, 과자, 음료수 등을 줄 때는 받지 않도록 일러두어야 합니다. 모르는 사람이 길을 물으면 알려만 주고 길을 가르쳐 주려고 따라가지 않도록 해야 합니다.

★ 아는 사람도 함부로 따라가지 않도록 알려 주세요

실제 유괴 · 납치 사건은 면식범인 경우가 많습니다. 아는 사람이 어디를 가자고 해도 부모님에게 꼭 알리고 허락을 받아야 한다는 것을 반드시 인지시켜 주세요.

★ 낯선 사람은 경계하도록 알려 주세요

낯선 사람이 부모님이 있는 곳에 데려다 주겠다거나 자동차를 태워 준다고 해도 따라가면 안 된다는 것을 가르치세요.

★ 놀이터에서 혼자 놀지 않도록 알려 주세요

놀이터에 놀러 나가 친구들이 없으면 바로 집으로 돌아오라고 말합니다. 친구들과 놀 때도 사람들이 많은 길가에 있는 놀이터에서 놀게 합니다.

★ 사람이 많이 있는 큰길로 다니도록 알려 주세요

으슥한 골목이나 공터 등 사람이 많이 다니지 않는 곳은 유괴의 위험이 큰 곳이므로 절대 혼자서는 가지 않도록 주의를 주세요. 꼭 사람이 많아 보이는 곳에서 놀게 하도록 하세요.

★ 외출할 때는 목적지를 알리게 하세요

밖에 나가 놀 때도 엄마에게 목적지를 알리고 누구와 놀 것인지 이야기하게 하세요. 도착하면 반드시 확인 전화를 받도록 합니다. 또 저녁 늦게까지 놀지 못하게 하고 귀가 시간은 꼭 지키게 지도합니다.

★ **tip** 자녀 위치 정보 제공 서비스를 통해 휴대 전화에 탑재된 GPS(위성 항법 장치)로 자동 위치 알림, 도착 알림, 이동 경로 보기, 자녀 위치 찾기, 이탈 알림 등의 서비스를 받을 수 있습니다.

3

• 역할 놀이를 통해 상황에 따른 행동 요령을 알려 주세요

최근 서울의 초등학교 근처에서 8세 아동이 유괴되어 경찰에서 피의자를 검거했습니다. 그리고 충북 청주시의 한 아파트 근처에서는 학원 차량이 바뀌었다며 접근해서 아이를 납치하려고 한 사건도 발생했습니다. 이렇듯 빈번한 어린이 유괴 사건으로 인해 부모님들은 한순간도 아이를 혼자 놔둘 수 없다며 불안해하기도 합니다.

아이에게 "낯선 사람이 가자고 하면 따라가야 돼? 안 따라 가야 돼?"라고 물어보며 교육하는 부모님들이 많습니다. 하지만 막상 그 상황이 눈앞에서 벌어지면 아이가 어떤 행동을 할지 아무도 모르죠.

유괴범은 낯선 사람일 수도 있고 아이들과 안면이 있거나 부모님과 아는 사람일 수도 있습니다. 그러므로 낯선 사람을 경계하도록 가르치는 것과 아는 사람이라도 무작정 따라가지 않도록 교육하는 것이 중요합니다. 여기서 따라가도 괜찮은 사람을 부모님이 지정해서 말해 주면 더 좋습니다. 가족, 고모, 할머니, 삼촌 등을 말해 주고 그

외의 사람은 절대 따라가지 않도록 지도합니다.

부모님은 아이에게 상황에 따른 행동 요령도 함께 알려 주어야 합니다. 아이들이 자신을 스스로 보호할 수 있도록 수칙을 반복해서 연습시켜 주시기 바랍니다. 유괴 예방 교육을 자녀들에게 할 경우 역할 놀이를 통해 유괴범들의 접근 상황을 직접 재연하는 교육이 효과적입니다. 역할 놀이란 아이들에게 특수한 상황에 처해 보도록 하거나 특정의 역할을 가져 보는 것입니다. 나와 타인이 지니고 있는 가치관을 정확히 이해하도록 하는 실천적 교수 방안입니다.

'유괴'라는 주제로 내 아이와 함께하는 역할 놀이는 아이의 견해와 다른 사람의 견해에 주의를 기울이는 계기가 됩니다. 이를 통해 문제 해결을 배우고 다양한 방법을 찾을 수 있습니다. 역할 놀이는 책상에 앉아 아이에게 말로만 '유괴'를 알려 주는 것보다 쉽게 다가갈 수 있어 아이가 집중을 하기 쉽습니다.

아빠는 주차장에서 짐을 실어 달라고 부탁하는 아저씨가 되고, 엄마는 애완동물을 보러 같이 가자고 유혹하는 낯선 아주머니가 되어 역할극을 해 보세요. 할아버지가 몸이 불편한 노인 역할을 해 보고, 삼촌은 엘리베이터 안의 치한이 되어 상황을 연출해 볼 수도 있습니다.

역할 놀이가 끝나면 보고 들은 바를 일기 형식으로 적어서 부모님이 해석하고 평가하고 아이의 생활과 관련을 지어 설명해 주는 것이 좋습니다.

유괴범 역할을 맡은 사람은 유괴범이 험상궂게 생기거나 거칠게 행동하기보다는 오히려 호감 있는 외모와 친절한 행동으로 접근한다는 점을 강조해서 교육하는 것이 좋습니다. 또 유괴범이 강제로 데려가려고 하면 아이가 분명하고 완강하게 저항하도록 부모님이 역할 놀이를 통해 평소에 훈련을 시켜야 합니다.

마지막으로 소리치는 것이 생명에 위협이 될지 그렇지 않은지를 분별할 수 있는 능력도 함께 키워 주시기 바랍니다. 만약에 있을지 모르는 상황에 대비해 평소에 틈틈이 아이들을 교육해 둔다면 조금이나마 안심할 수 있을 것입니다.

4

• 낯선 사람을 대처하는 법을 알려 주세요

직장에 다니는 맞벌이 주부입니다. 평소 아이들만 집에 있는 경우가 많아서 모르는 사람이 오면 절대 문을 열어 주지 말라고 항상 당부합니다. 상대가 '택배 아저씨'라고 말해도 열어 주지 말라고 가르쳤습니다. 대꾸하지 않으면 경비실에 맡겨 두기 때문이죠. 그런데 얼마 전 충격적인 일이 일어났습니다. 초등학교 6학년과 3학년 딸 둘이 집에 있는데 택배라며 초인종을 누르더라는 것입니다. 택배가 온다는 얘기를 들은 적이 없는 딸아이가 엄마와 아빠에게 확인 전화를 걸었지만 둘 다 통화가 되지 않았죠. 그래서 아이는 잠시 망설였다고 합니다. 혹시나 해서 아이가 문밖을 살짝 엿보니 낯선 남자가 이번에는 옆집 초인종을 눌렀다고 합니다.

그런데 잠시 후 옆집에서 누구냐고 묻는 소리가 들리자 그 남자는 "교회에서 전도하러 왔어요. 하나님 믿고 천국 가세요."라고 말했다는 것입니다. 잠시 전에 딸아이에게는 택배라고 말하던 남자가…….

'만일 그 남자가 정말 택배가 아닌 범죄자였다면…….' 하는 생각에 소름이 돋았습니다.

이것은 실제로 광주에서 일어난 일을 각색한 것입니다. 이런 일은 어쩌면 혼자 있는 아이들에게 빈번히 일어날 수도 있는 상황이죠. 막연히 낯선 사람만 보면 '피해라.', '소리쳐라.' 할 수도 없고 부모님들은 아이에게 어떻게 설명해야 할지 막막하기도 합니다. 낯선 어른들은 유괴범일 수도 있지만, 어린이들에게는 도움을 구하는 어려운 사람으로 보일 수도 있습니다.

자녀에게 낯선 사람들과 얘기하는 법도 가르쳐야 합니다. 강제로 데려가려고 할 경우에는 "안 돼요! 싫어요!"라고 크게 말하는 연습을 시켜야 합니다. 낯선 사람이 아이들에게 다가오면 어떻게 해야 하는지 이야기를 나눠 보세요.

아이에게 "모르는 사람이 다가와서 '저기서 엄마가 ○○을(를) 데리고 오라고 하시네, 아줌마랑 갈래?' 한다면 어떻게 해야 할까?"라고 질문합니다. 아이가 대답을 하면 그에 대한 해결책을 부모님이 말해 줍니다. "일단 낯선 사람이 접근하면 두세 발자국 거리를 두고 이야기를 하는 거야."라고 일러 줍니다. 또 낯선 사람을 만났을 때 할 수 있는 행동에 대해서 직접 부모님이 보여 줍니다.

유아기에 있는 자녀라면 가족의 이름 정도는 기억하도록 지도하는 것이 좋습니다. 또한 유괴 예방 지침서를 유아들과 함께 보면서 유괴 예방법을 숙지할 수 있게 합니다.

5

• 아이를 잃어버린 후 48시간 이내에 해야 할 일 체크 리스트를 만들어 보세요

실종된 아이를 찾는 데 걸리는 시간은 평균 35시간이라고 합니다. 아이가 실종된 지 24시간이 경과할 경우 아이를 찾을 수 있는 확률은 50퍼센트로 떨어진다고 합니다.

48시간이 경과할 경우 그 확률은 25퍼센트로 급감합니다. 그 이후는 말 그대로 행방불명이 될 가능성이 높습니다. 아무리 경찰을 투입해 찾으려 노력해도 쉽지 않습니다.

아이를 잃어버렸을 때, 혹은 유괴를 당했을 때 48시간 이내에 어떻게 행동하느냐가 그래서 중요합니다. 부모가 현명하게 행동하면 아이를 되찾을 수도 있습니다. 미리 체크 리스트를 만들어 아이가 실종, 유괴되었을 때 실행하도록 대비해 봅니다.

★ 48시간 이내에 해야 할 일

– 먼저 경찰에 신고합니다.

– 경찰관이 집으로 찾아오기 전까지는 외부인의 출입을 막고, 어떤 것도 손대지 않도록 합니다. 아이가 혹시 집 안에서 납치 또는 실종되었을 경우 아직 증거가 남아 있을 수도 있습니다. 아이의 옷, 이불, 소지품, 컴퓨터 혹은 쓰레기통까지 손대지 말고 그대로 둡니다.

– 사건을 담당한 경찰관의 성명, 직위, 연락처 등을 알아 둡니다.

– 아이의 실종이나 납치와 관련된 정황을 상세하게 설명하고 모든 증거물을 경찰관에게 넘겨줍니다.

– 아이가 실종이나 납치 당시 입었던 옷과 갖고 있던 소지품

들을 상세하게 설명합니다. 아이의 이름, 생년월일, 신체 특징, 키, 몸무게, 독특한 버릇, 병력 등은 아이를 찾는 데 큰 도움이 됩니다. 아이를 잘 알아볼 수 있는 최근의 사진도 넘겨줍니다.

– **아이의 행방을 아는 데 도움이 될 만한 주위 사람, 친척, 친구들의 명단을 작성합니다.** 여기에는 전화번호와 주소 등도 포함됩니다. 최근 주위에 새로 이사 온 사람이 있거나, 가족 구성원에 변동이 있거나, 아이에게 유난히 관심을 많이 보인 사람이 있었다면, 그런 정보도 모두 알려 줍니다.

– **아이가 최근에 찍은 컬러 사진을 미리 찾아 둡니다.** 이 사진들을 추가로 인화하여 경찰관, 언론, 관련 단체 등에 나누어 줍니다.

– 경찰관에게 아이를 어떤 식으로 찾는지 알려 달라고 합니다. 수색을 하거나 경찰견을 동원하는지 물어봅니다.

– 언론에 알립니다.

– 유괴범에게 전화가 올 것에 대비해 전화기 앞에 한 사람을 대기시켜 둡니다. 노트나 메모지를 준비해서 전화가 오면 걸려온 날짜, 시각, 통화 시간, 통화 내용, 기타 사항 등을 적게 합니다.

– 부모님도 노트나 메모지를 항상 휴대하면서 아이의 실종과 관련된 정보가 떠오를 때마다 적습니다.

– 부모님 자신과 다른 가족들의 건강을 살핍니다. 부모님이 건강해야 아이도 찾을 수 있습니다. 충분히 쉬고, 잘 챙겨 먹고, 주위에 도와줄 사람을 구합니다.

6

• 아이에게 아동안전지킴이집을 알려 주세요

아이들을 위한 안전한 곳은 없을까요? 이곳저곳 가는 곳마다 안전할 리 없는 우리 아이가 걱정된다면 아동안전지킴이집을 알려 주세요. 아동안전지킴이집이란 학교나 통학로, 공원 주변의 문구점, 편의점, 약국 등을 아동안전지킴이집으로 지정해서 위험에 처한 아동을 임시 보호하고 경찰에게 인계할 수 있게 한 곳입니다.

2008년 경기도 안양시에서 발생한 초등학생 유괴 · 살인 사건 이후 아동을 대상으로 한 강력 범죄가 연달아 발생하면서 지역 사회와 경찰이 함께하는 아동안전지킴이집을 도입했습니다. 현재는 요구르트 아줌마, 집배원, 태권도 사범, 모범택시 운전자회, 학원 차량 기사 등이 아동안전 수호천사로 활동 중입니다.

아동안전 수호천사 분들은 어린이가 아동안전지킴이집에 들어와 도움을 요청하면 곧바로 112 또는 관할 지구대로 연락합니다. 또한 낯선 사람에게 위협을 받는 어린이를 목격하면 경찰에게 정확한 현

위치와 상황을 신속하게 알립니다. 어린이를 개방된 곳에서 안정시키며 아이의 부모나 보호자에게 바로 연락을 취합니다. 길을 잃은 어린이를 발견한 경우에는 경찰청에 연락해 신고 후 어린이를 개방된 공간에서 잠시 보호해 줍니다. 어린이를 보호하는 동안은 최대한 안심을 시키며 어린이가 침착하게 세세한 점을 기억하도록 도와줍니다.

안전드림 홈페이지(http://www.safe182.go.kr/)에서는 아동안전지킴이집을 찾을 수 있도록 시스템이 되어 있습니다. 우리 아이 학교나 집 주변에 아동안전지킴이집이 어디에 있는지 미리 숙지시켜 주고 위험할 때 도움을 받을 수 있도록 교육해 주세요.

혹시 유괴를 경험한 아이가 책을 읽는다면 "그런 일을 당한 것은 네 잘못이 아니라 그런 나쁜 일을 한 잘못된 어른의 탓이란다. 네 잘못이라고 생각하지 않았으면 한다. 하지만 그 경험에서 뭔가 배워서 앞으로는 안전한 삶을 살아가자꾸나."라고 이야기해 주세요. 보통 이런 일을 당하면 아이들의 잘못에만 초점이 맞추어져 있습니다. 그런 일을 하는 어른과 아이를 혼자 두는 부모님의 잘못이 일차적이라는 점을 분명히 할 필요가 있습니다.